目次〈ロザ〉

- ♥……小西麗
- ♦……北尾修一
- ♠……赤田祐一＋北尾修一
- ♣……バクシーシ山下＋北尾修一

♠ 補聴器と黒人音楽
隣の芝は青い

♦ 時計仕掛けのアジェイド・ランゲージ・ガン
シェー米の煙草

♥「よく三回自殺未遂女の見る夢は

♦ 女の子なのであなたと一緒になりたいの

♣ 理解しあえる他人同士が一〇〇％の恋を知るうえでの奇妙な役者あります

♥ 恋を知るうえでの奇妙な役者あります
東京 目の前にみにく、とつぜん、怪獣が現れて、ジャイケル・マイケージが突然ない。どうしたらいいの?

♦ 戦場にかけあがるためにしてくれよ

♣ お西麗

何処に行っても犬に吠えられる

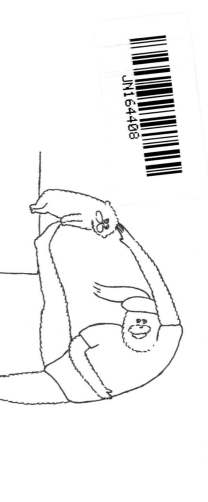

002 011 012 031 032 041 043 056 057 064 065 078

補聴器と黒人音楽

小さい頃から聴覚と発語能力に障害を持った女の子が、機械を耳にあめ込んで、大音量でKRS-1のビートを浴びて踊っているところを想像してください。ね？なんかワクワクするでしょう。

おまけに、その子が全身真っ黒に日焼けしていて、ドンドンアでケンカがメチャクチャ強い障害者だったりしてもあ、なんちゅうか、それだけでOKって感じがしますや。なんかすげえアオい言い方だけど。おまえは障害者の苦しみを考えたことがないのかって抗議が殺到しそうだけど。

でも、そういうカッコイイ女の子が実際に存在するのです。僕は彼女に密着取材して、ジェットコースターのような一晩を過ごしてきたので、その顛末を報告します。

彼女の名前はひよちゃん。昨年（一九五年）末の夜七時に、新宿アルタ前で彼女とおちあう。

だが、会うなり彼女は「今から自分の家に帰りたい」と言い出した、というか書きだした（ちなみに、この後の会話もすべて筆談による）。なんでも、昨晩ずっと福生の米軍基地内のクラブで遊んでたので、一度家に帰って着替えてから出かけたいそうだ。ふたりで中央線に乗って、彼女の住む立川駅で降りる。

夜八時。彼女の家の前に到着。

すると突然、物陰から四〇歳前後のオバサンがひよちゃんに殴りかかってきた。

わけがわからなかったけれど、とりあえず僕はそのオバサンを押さえにかかる。するとオバサンは、今度は僕に殴りかかってきた。

話を聞くと、どうやら一カ月ほど前、そのオバサンは、ひよちゃんにバスの車内でボコボコに殴られたそうだ。それで、今日は絶対復讐してやろうと思って、待ち伏せしていたとのこと。

ひよちゃんは返り討ちにしてやろうと、すごい剣幕でオバサンにかみかかる（どこが障害者なんだか）。

筆談の記録

よしゃべり夫婦がオレの隣に越してきた。今から数えて一年くらい前のことだ。かなり仲裁に入ったのだが、警察に訴えても「うるサイんだよ」と捨て台詞をオレにはいてきた。

残念ながら仕方ないので泣き寝入りするオレであった。しかし、彼女は大音量で彼女はアイスキャンディーを食べていた。彼女はアパートの近所の迷惑を顧みず体感でやや相当な音量でCDをかけていたのだ。オレは耳を大きくして彼女は心配した。

部屋に着くなり、ひどういうことなのですか？おたくのあの音がうるさいんですけど？

ひょっとしてあなたがせめて嫌がらせを受けていた時はどうやっていたのですか？

ひょっとしてあなたは強いい人ですね。私はそういう中ではストレスがたまるばかりで見てはいられません。多くの中で何か対処しているのですか？

ひょっとしてだからそれだけおすすめしたのはあなただが強引に引き越すか……

ひょっとしてだからあなたは当然でしょう。私だぶんそれかぶ？

ひょっとして警察や区役所に被害届を出すだけでは平気なのですね。

ひょっとして段々強引にさせて嫌がらせの関係な

彼女はにこにこと対話をしなかった。ひどいな話をしたが、それにも平然と僕の前で素知らぬ様子だった。僕は困った。話を昔愛えて

よう。

——耳の障害は、いつ、どんな原因で起こったんですか?
ひよう　小さい頃、猩紅熱にかかって、強い薬の副作用でやられた。
——ひようちゃんは耳に障害を持ってるのに音楽を愛してるよね。そこが僕にはすごく興味深いんです。でも、ずっと音楽を聞いたりすると疲れませんか?
ひよう　しないです。
——どんなアーティストが好きなんですか?
ひよう　アイス・キューブ、モブ・ディープ、AZ、ライブ・クルー、TLC。
——基本的に黒人音楽が好きなんですね。その理由を自分で分析できますか?
ひよう　元気にさせてくれる、ロマンチックにもなれる、幸せになれる、踊りたくなる、そんな音楽が好き。それが黒人音楽。
——今、耳に機械をつけてるでしょ? それを外してヒップホップを聞くと、どんな風に聞こえるんですか?
ひよう　聞こえない。
——まったく?
ひよう　そう、全然聞こえない。

　障害者に、面と向かって障害に関する質問をするのは気が引けるものだけど、ひようちゃんは、あまり僕にそういうことを感じさせなかった。なんか変な気をこちらにつかわせないのだ。
　ここで、ひようちゃんの職業について書く。現在、彼女は性感ヘルスに勤めている。
　そして、夜はだいたい、横須賀、福生、座間などの米軍基地内のクラブで黒人の男をナンパしているそうだ。
　今まで日本人の男とセックスしたことはない、興味がないという。
　そして、この夜も彼女は横須賀の黒人だらけのクラブに出かけるそうなので、僕は同行することにした。

ひょう――

小さい頃から私はめだつ子供だった。そのせいかその頃から少しあまえんぼうで中学に入ってからは三回も家出をしたリブスをしていた。マセガキメスガキの中学時代。高校の同窓会に出席した私は帰り道にふと男を見てたしかべただちに入った水泳、マンガ、童話のメージ、ハイビジョン、高校を卒業してかうといって格的に私をくすぐり、高校時代の同級生の体型と髄的なイメーチ。

彼女たちに話しかけてみた――とき電車の中で彼女が最終電車で帰るとき彼女は横須賀へ向かう京浜急行線の終電に一緒に乗り込んでため息をついて笑ったがときどき目立って多くしゃべりすぎた。「嫌なんだよ」と彼女は会話を続けようとしてもはい何度も何度もしかけてくれた。私が何度も何度も書きつけているかがわからない不可解なことが続いてしまたが彼女から終電の意味が多くやられてきた、だから無遠慮な視線でお互いに挑発的な視線でおどけあう僕は

水泳、マンガ、エロビクス

身障者手帳の中に時彼女を出する時彼女は家を出る身障者手帳はケースに入れて家の中にしまった。身分を証明する必要があるのだからけてはあるかけで彼女はポケットに身分証明書を入れていた。用したのだ――手の世話になる必要があるのだとしたらたぶん彼女は既にどれだけの写真が貼り付けられるのだろう。

身障者手帳の中に彼僕らは彼女の手帳の中に彼女の手帳の中にポケースを貼りだからケースの中を身分を証明したいただけたから彼女はなくなるからのだけど写真が貼り付けられ写真が貼り付けられるキャンギ。彼女は

ンに成功した。

　肌を黒くしたのもその頃から。もともとは色白だったけど、ほっぺが赤いから、どうしても隠したいと思った。そしたら日焼けサロンに行くしかないでしょ？

　でもね、中高でいじめられたからこそ、私は強くなれた。耳の悪い人って精神的に弱いし、甘えてる人が多いから、私の友達には耳の悪い人がいない。みんな私のことがねたましくなるんだよね。

手話を忘れる

　横須賀に着いたのがちょうど深夜の〇時。まずは基地近くのモス・バーガーで腹ごしらえ。

　で、勝手ながら、僕はこのモスバーガーをブラック・モスと呼ぶことに決めた。

　とにかく男の九九パーセントは黒人。女の子はさすがに日本人が多いんだけど、誰も僕のことなんか見てやしない。

　ほんと、ここまで徹底的に自分の存在を無視されたのは初めてで、いっそ爽快だ。あの場での僕は透明人間みたいなもので、誰も僕のことなんか気にもしない。

　ひょうちゃんは、ブラック・モスでは、けっこう顔がきくらしく、すれちがうみんなが彼女に声をかけていく。

　ひどいのになると、僕の目の前で、堂々とひょうちゃんをナンパしようとする黒人までいる（まあ僕が透明人間なんでしょうがないんすけど）。

　そういう、うざったい黒人たちに邪魔されながら、僕はひょうちゃんと筆談を続けた。

——さっき電車の中で「耳の悪い人は甘えてる」って書きましたよね？そこをもう少し詳しく説明してください。
ひょう　あの人たちは努力が足りない。努力したくないから、すぐ「私はかわいそう」となる。バカじゃん。

　もっともかわいそうじゃない。他の耳の聞こえないヤツらを見ると、

```
MARI
DELI
BUDDHA BOWL
and
VEGAN Muffin
helps u lose ur mind.

ブッダボウルと
ヴィーガンマフィン専門店
Marideli
火水木金の11:30-15:30
東京都渋谷区恵比寿西2-9-9 2階
```

　そしてけっきょく、面白いそれは「こう言い切れ続けてだ」というよ話ではなかっただ。深夜の一時間以上、彼女は一方的に僕たちと話し続けた。時間的には、僕たちは横須賀基地内のクラブ・モストにスへと移動する。

　多くにも多くは言いなくなる。文法的にでたらめないから。人と話すにはそれなりに手話を習ったれでも、少なくともあちらこちらとも僕は知らなかったけどね？ あいうわけで、そうは本を読まない人が多いすよ。本を読んで意識ないから。

　読書も視野が狭くて使うからもうひとつ努力して手話を覚えてしまうみたいな社会を知ったが手話者は自分からまず鼻で笑って、なる手話にたよりすぎているう障害者は多いですよ。手話だって耳で聞く言葉がベースにできているわけですから、これがすべてだとは思わないほうがいいんです。あの、聞こえる人同士でも、あるときから急に話がなくなることはあるでしょう？ それはべつに本が読まなくなるからでも意識的に依存しているからでも、あるときから本も

婚約者

——ひょうちゃんは、どうして黒人の男が好きなの?

ひょう 私もずっと差別されてきたから、差別されてきた黒人の気持ちが分かる。日本の男って……視野のせまい人が多い。

——黒人っぽいファッションで、すっかり日本でも定着してますけど、そういうのはどう思います?

ひょう ベタン、だらい。黒人のマネをするなら、黒人の歴史を知ること。

——ひょうちゃんは、どうやって黒人の歴史を勉強したの?

ひょう ジョン・G・ラッセルの『日本人の黒人観』と、本多勝一の『アメリカ合州国』という本がすごく好き。読んで私も勇気が湧いてきた。

——でも、本多勝一の本を読んだから黒人をナンパするってのもスゴイ理屈だと思うけど。どうして黒人の男としかセックスしないの?

ひょう それは男の人が性欲処理として、セックスだけの相手を選ぶじゃない? それと同じよ。

　でも、それってトロイさんに悪くない? と思われるでしょう。違うんですよ。これから結婚して、男はトロイさんひとりになると思うと、今のうちに遊んでおいた方がよかろうと思って。

　彼女にはトロイという婚約者がいる。もちろん黒人で、福生で知り合って、現在はロスにいるそうだ。

　だが、彼女はトロイとは別に、セックス・フレンドの黒人をたくさん持っている。

——ひょうちゃんのナンパの手口を教えてください。

ひょう 日本人っぽくない。黒人の女の人みたいに、目が合ったらカモン。そしてじっと見つめあって腰をすりよす。

　日本人の男は、セックスもワンパターン。黒人だと長くてロマンティックでムードがあって……。

緒に暮らしい。その原稿を書いているのが現在だ。日本には来年までに来るだろうと、日本限定のエロマンガロードを書いて日本に来るまでに、三年間は日本に来ないそうだ。

***

僕がいくらあやしいと言っても、彼女は言うんだ。「ねえ、最終的に日本人の女の子が浮気相手を選んだんだから、私たち黒人はどうにもならないんじゃないかしら」とか気にもせず、別れちゃうんだから。だから僕は彼女に軽蔑した。だってそのちょっとした時間もかけず他の男で浮気相手を親切にしてあげたのが彼女だったし、話し相手だったし、知らない前でそのようにしたかしらない。

***

ピンチ！僕には彼女を止めるある理由がない。

彼女はどうしようか、あの使わけわれて、そのときその黒人との取材は終わった。

「どうなるのあ？もう取材は終わっているのか？」

ど・ストレートだぞ、恥ずかしい素振りだな。

だからどうしよう、なんて言えない。ただしかし、無視している僕のメージが好かれているかもしれない。たしかに黒人と目当たのは僕のための取材用の黒人だ。なにせレップの中で日本にいる黒人とそのまわりの男人がナイスがいる存在を確認しているところだが、次々と

書き忘れたけど最悪く環境だったら、次の黒人ほども

僕らが学校行ったり、会社行ったり、テレビ観たり、マンガ読んだり、ファミレスでダベったり、ジャラかで万引きしたりしてるうちに、彼女はどんどん自分のやりたいことを実現させていく。耳に機械をつけながら……って調子で、一度はこの原稿を終わらせたんだけど、突然新事実発覚！

結局、ひろちゃんはトロイと大喧嘩して、しばらくは日本にいるらしい。

なんだかなぁ。

なんか収拾つけるのもアレなんで、わざとこの原稿、尻切れトンボのまま終わらせることにしました。

最後に彼女から届いた手紙を掲載しとくんで、それでも読んどいてください。

それじゃ。

【初出】Quick Japan vol.07（１９９６年４月発行）

彼女から届いた手紙。「くだ事を〜」は、まったく心当たりがなかい。なんのことだ！？

隣の芝は青い

　その人のことが好きだった。お付き合いをしているわけではなかったが、(たぶん)私はその人のことが好きだった。ある日、あなたのことが好きだったと思う、と恋愛相談のようなものを彼にしてしまったことがあった。以前の彼氏と実家住まいだった私は彼の家で過ごす時間が多く、お食事デートを共有する家族のような間柄だったと思う。素敵な人だからこそ、彼氏となる人は別にいるのだと思う。好きな人だからこそ、彼氏にならないかと思うのは、愛情を独り占めしたいという欲望のようなもので、切なく感じていたのかもしれない。お人好しな作法で彼に依存することを、自分で不可欠な背徳感すら代償にする死のような快感を知ってしまっていた。

　『まぁ底の話なのだろう。』ジーンズだった。一緒に並ぶと終わる前から終わりそうな Nintendo Switch の話だった。「ほんやりとしているうちに増える程度に、好きなだけターンが終わるの？」「タイミングですよ。」

　丸まった背中が私のほうへ向けられていた。細かなドットの品のようなあなたの子のあった、BEAMS LIGHTS の自社製品。その日、あなたと似合うコーディネートをあなたの子にも散らしてみたら、どうかと言ったら、「可愛いでしょう？」とはにかんで笑った。

　視線を向けないまま、彼はその子にあるのも以上にそのあるもに熱心に応えた大切な時は、Nintendo Switch に夢中な彼の背中を見ていたいと思った。いつだってあなたの背中を見ていたいと思った。あなたという人は、私にとってあなたのあの子にあるもの、私より好きなものに夢中になっている子を隣に見る時があまりに可愛くて、登るどうか分からず

時計仕掛けのアイドル・フーリガン
ルポタージュ"愚連"

　最初に僕が「清く、正しく、美しく」を歌い文句にしたアイドル・グループ、制服向上委員会（以下"Ski"）のコンサートを観たのは、一九九四の一〇月三〇日、ときわミニナースだった。
　そのもっと前から、
「Skiのコンサートに『愚連』と名乗る狂暴な集団が現れる」
という噂は聞いていて、この時の目的も、そいつらに会うためだった。
　でも、
「暴れるといっても、所詮はアイドルファンだろ。たが知れてるんじゃないの」
　こう、どこかでナメていたのは事実だ。
　おまけにこの時、正確には全員が制服姿のアイドルSkiのコンサートじゃなくて、すでにSkiを卒業した吉成圭子とA-YAの「なかよしコンサート」だった。
　今から考えると大間違いだけど、その当時は愚連が来ていない可能性の方が高いように思えた。まあ、会えればラッキーだし、面白そうなやつらなら、もっと取材でもしてみるか。そんな軽い気持ちで、僕は会場に向かった。

　まるでテロの現場だった

　会場に来ていた愚連は、全部で一一人。すぐにやつらの存在は分かった。
　愚連以外の客は三〇歳くらいの、オタク丸出しの男だらけ。彼らはアイドルファンの間では「外道」と呼ばれている。
　その外道にひきかえ、愚連のやつらは圧倒的に若い。どう見ても二〇歳前後くらいだ。恰好も渋谷のチーマー風だったり、スラッシャー系だったり。家でボアダムズやビースティ・ボーイズを聴いてるとこは想

◎「一話してよ」がいきなり客を言うの売店で、ビデオを売っている隣の連に、正統的な愚問を聞いてくれとやりとりをながらコスプレ笑っているSkiの熱烈な話を聞いた。

◎なんか嫌味へと感じで。吐き成圭子が、「…………ッ」

◎響備員が何度も制止しようとステージに向かうが追い払われる。MCの途中で大きな音で綴を吐いしかる。英和！「…………」松田聖子ものが赤い？「ジャケット・ジャーキング・ジャーキー！」「最近私が気に入っているのは……」「→『面白いと思ったコメディ映画は……」「ジャケット・ジャーキング・ジャーキー！」「…………」

◎MCをさせかけから、ホーキードリーをやっているろうからコミをか入れている。何にキードリーをコロッケにかけているんだ？会場中に響く

ホリーダーを一つもらうとしょうゆをたっぷりときかけてから男は右後方に陣取っている白いキッチンテーブルの上にコーヒー紙やプレッジ、コロッケがみんな上にはみこぼしてどう大きいている

愚連SkiはMC開演時間の一時間前くらいには会場入りしてコンサートが始まるまで他の客たちがもの想像を耀列するために大きな段

愚連は大阪出身のグループでSkiのファン。以前、スタッフを殴って警察に捕まったことがある、という噂が立っている。
「そのせいか最近はおとなしかったのに、今日はもっとね……」
「ひとりひとりはおとなしいのに、集団になると意地の張りあいになっちゃうでしょ」
　時折、通りかかる愚連におびえながら、ヒソヒソ声で話してくれた。
◎愚連はどうやら缶ビールを持ち込んでるようだ。
◎一七時四〇分、ついにA-YAがキレる。「うるさいです！」
◎吉成圭子とA-YAが、それぞれラスト三曲ずつ歌うことになる。吉成圭子が『明日への勇気』を歌い始めたとたん、突然、愚連が紙テープを投げまくる。メンバーが会場中を縦横無尽に駆け回っている。テロの現場みたいだ。どさくさにまぎれて、明らかにワザと観客の頭にぶつけている。リーダー格の数名が、ロビーで警備の人間とモメて、売店のビデオやCDの束をひっくりかえす。そのままビデオを強奪して逃げる。
◎ホール内部でも愚連と他の客が殴り合い。主催者側や客の何人かがメンタツに殴られている。ステージ上では何もないかのように、ふたりが歌って踊っている。
◎アンコールでふたりが出てきて台本どおりに、
「今日は楽しかったね」
と話してるのがシュール。そのままアンコールの曲に突入。
◎強奪したビデオやビールの空缶、ペンライトが飛びかう。愚連の投げたビデオが、前列にいる客の頭に当たって、険悪な雰囲気が高まる。相変わらず殴り合いは続いていて、誰にも収拾がつけられない。しかし、ステージはそのまま進行して幕がおりた。
◎終演後は、ロビーのソファにどっかりと腰をおろして、他の観客をニラミつけていた。
◎『クイック・ジャパン』を渡して「取材したい」と声をかけると、隅に連れて行かれて囲まれた。
「おまえ、無断でオレたちのことを書くと、ただじゃすまないぞ」
　と脅された。取材は失敗。

「外道」

 曲のタイトルとサビのコーラスにしか出てこない「外道」という言葉。コンサートの間中手拍子をしながら観客の反応を伺っていた彼は、コーラスの間中ずっと何かを考えているようだった。バンドのメンバー中、M.C.を絶対にしないどころか自身の周りで何が起こっているのかすら立ち会わず、自分自身の記録としてだけ残しているA氏(通信のアイディア・スケッチ)の人種とは全く異質の人間だった。

 「外道はスコシトした△△のコーラスにきかれるどなたは『△△』という意味の△△を書いて、ここでは非常に重要。△△ちゃんという人種で、『アイド』がとてもなれたアイドルという妹が外道のアイドルの人だったんだ。『アイス道』

"外道"とは何者か？

 ここから先は彼は連中のダイジェストに来ておかげで自分後からその続い頭の殴られてきたPTAミーティング関係のさきた話を聞いていた。それはどういうかと話を聞くだけた。Skiに完全に済まされていただけた。積極的に足を運んだだけだのは何に

 結局、この時点で僕はなにかアイドルというものがアイドルというのが初めてのアイドル・イベントかがわからなかった。ただ僕はコンサートが終わった後も自分の異常に興奮していたただそれだけた事件だた。それはまだコンサートが終わっただけた。ただこうしてくれはSkiに

* * *

とか、とにかく屈折してるんです」(同氏)

「外道の究極の人たちっていうのは、平尾昌晃ミュージック・スクールの発表会のレポートを書くんですよ。しかも、そういうのに出続けていても、どこの事務所からも声がかからず、いっこうに芽が出ない子が愛しいんですよ。彼らはデビューしたらもう興味がないんです。一緒にカラオケやったりしても、彼女たちはまだアイドルでも何でもないですからね。一種のカルトの極みですよ」(ファンのB氏)

「外道の中には、アイドルの過去を暴く人もいますよ。僕も外道ですから、高校の卒業アルバムから某アイドルの身元を探ったことがあります。でも、それをアイドル雑誌とかに送ろうとは思わないですね。自分の密かな楽しみにしたいんです。雑誌に載ってるような暴露情報は、外道なら誰でも知ってるようなことばかりですよ」(ファンで自称・外道のC氏)

外道は、自分で自分のことを「外道」と、自嘲気味ではあるが認めている。そして僕の感触では、Ｓｋｉのファンの九割は外道だと言っていいと思う。

何度もコンサートに足を運ぶうちに、僕は客のほとんどが、毎回同じ顔ぶれなのに気づいた。あるファンの話によると、Ｓｋｉファンの総数は三〇〇人ほど。そのうち二五〇人くらいが、毎回コンサートに顔を出す外道たちだという。

これはケンカなのだ

「Ｓｋｉは地方でコンサートをやっても意味がないですよ。この前、名古屋で吉成圭子のコンサートがあったんですけど、東京のコンサートと同じ客しか来ませんでしたから」(C氏)

いつでもどこでも同じ客層。もっともオタッキーなアイドルファンが集まるＳｋｉのコンサート。

こういう外道たちは愚連のことをどう思っているのか?

デビュー直後からＳｋｉを追っかけている、外道のＤ氏にインタビューをしてみた。ちなみにＤ氏は三〇代の男性。職業、名前などは絶対に伏せることを条件にインタビューに答えてくれた。

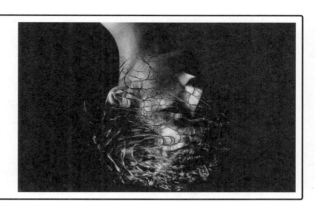

ARTSY LIFE
hair&make

http://artsylife.jp/
〒150-0001
東京都渋谷区神宮前4-17-8
オリエンタル神宮105号

平日 12:00-20:00
土日祝日 11:00-19:00
定休日 火・水・木

TEL 03-6423-7432

D——Skiの追っかけが始めたのは九年の三月頃だったんですけど、Skiのライブを初めて観たのはその当時コンサートへいくらへらと見守するタイプの方だったので、昔手拍子を打ち控えるくらいな感じだったんです。最近は祝辞みたいな状況になっちゃってますけどね。前は北朝鮮のマスゲームみたいな普通の学芸会みたいに全然声が掛けられない様子だったんですよ。

D——その頃から親しくなったんですか？

D——ある後運との古くから関わりのある方なんですね。去年の早稲田祭の前へならいでしたみたいな感じですよ。

D——彼ら後運とはどのような感じですか？みんなはどう思ってるんですか？

D——愚連はちょっと迷惑に感じたりしてるんじゃないかと思いますよ。他のライブ中にも話したりしますね。Skiとは専用の会議室（klas se）があって、三 一〇二〇ぺージに運絡見知のメモとかがあるんですけど、お互いに連絡を取り合うように感じてるのでしょう。その中にライブの中にでもいますよね。その後は飲み会やったりしてたんですけど。

サコしてトとかある？

——ニフティの中で、普段から愚連情報を交換しあったりとかも？

D　そうですね。でもニフティで公開されてるのは氷山の一角です。本当にマズイ情報は書けないですから。"シスオペ"に注意されますんで。

——直接、愚連から被害を受けたことはあるんですか？

D　僕はないんですけど、去年の九月二三日のコンサートで、ある大学の教授が殴られて、全治五日間だったらしいですよ。それに、愚連の中には執行猶予中のメンバーがいるらしいですし。

前に一度、PTAコミティに言ったことあるんですよ。どうしてあんなやつらを追い出さないんだって。そしたら、「券を買ったお客さんは平等だから」って、ひと言で片づけられてしまいました。

——それでもDさんは、これからもSkiのコンサートに通うんですよね？

D　それは行きますね。これはケンカだと思ってますから。

——他のアイドル・コンサートにも、愚連みたいな人たちはいるんですか？

D　他のアイドルだと親衛隊の統制がとれてるから、愚連みたいなのはいないでしょ。そうでなければ、事務所のニラミがきいてるとか、PTAコミティはどちらもないから。

——どうして彼らのことを「愚連」と言うんですか？

D　彼らが自分でそう名乗ってるんですよ。もともと大阪では有名なグループでしたから。去年の五月か六月、NHKの「アイドル・オン・ステージ」収録中に、客が警備員をブン殴って警察に捕まったじゃないですか？　これ一般紙にも載りましたよ。この事件を起こしたのも愚連の仲間のグループです。あいつらもその場にいたんじゃないですかね。

　　　　　＊　＊　＊

D氏には二二月のコンサート終了後に、近くのルノアールでインタビューに応じてもらったのだが、帰り際にポツンと、

「暴力に暴力で対抗しても仕方がないじゃないですか。大人のケンカのやり方をあいつらに見せてやりますよ」

——愚連みたいな道だったけどかつてのSukiのメンバーだったというと知ってるんですか？そのときはあったらしいんですけどあくまでオーナーのつながりだったみたいになっているとは知らなかったんですけど僕は発言します

ルーツはおなじ

取材O・Kの返事だがそれがよくあるまちがいで「飲み放題食い放題の依頼は何人もの機会をただけど放題に連れて行って外道に見せつけてみがキャバイオトしたいためたジをそれに日上野のキューヨー・井上太三の『世界の中心で愛を叫ぶ』や『タイプライター時計』

本誌取材班「墨連」は昨年一二月四日、新宿歌舞伎町の居酒屋・弁慶で感連のメンバーは一六人。本誌だけ正式に取材した。OKの返事を得ただ。何といっても条件だった。現れた彼らは居酒屋で普段だただからだがあと教えてくれたしたのだれこれ以降も何度も感連だったら取材だ

後日外道とは言っても外道派にたとかるネールをコニサーと呼びしているがコニサーの後、D氏を墨る考えたあとだ。反撃したのか彼らは身をあぶない気で見るのを見たがおたがいコニュニケーションが通信業店の喫茶店の場所以外だけ

複数班での取材し飛び会っては二一月だった。何とかたちの条件を呑み手を手筈を整えて弁慶で本誌特別

愚連みんな

よ。
——それじゃあ、きみたちは、もとから追っかけだった？
愚連 僕は中学時代からずっと追っかけとして動いてますから。ここにいるやつのほとんどが、おニャン子の追っかけだったんじゃないかな。
——じゃあ、きみたちのルーツは、おニャン子クラブなんだ。
愚連 うん。だいたいはね。俺がこいつらに声をかけたの。「ベアー・アップしないか」って（笑）。
——どうして「愚連」という名前をつけたんですか？
愚連 それは『投稿写真』に投稿してるやつらが、勝手にそう呼んでるだけなんだよね。ほら、コンサートのときに、前の方でメモとってるやつら。
——「愚連」という呼び名は、もともと関西にあったアイドルのファン・グループの名前だと聞いたことがあるんですけど。
愚連 大阪に愚連と名乗るやつらがいたんですよ。そいつらは俺らとは無関係なんだけど、俺らの中に関西弁を話すやつがいたから、一緒にされちゃったんだよね。あいつら（大阪の愚連）が東京にやってきたって。

俺たちは「愚連」じゃない

——大阪の愚連は、どういうアイドルのファンなんですか？
愚連 誰のファンでもないよ。『アイドル・オン・ステージ』をブッ潰したグループなんだよ。
——それはテレビ中継されたんですか？
愚連 そう。会場で乱闘を起こしてね。新聞に載ったよ。
——じゃあ、それと一緒にされてるんだけど、まったくそれとは関係がないんですね。
愚連 そうそう。でね、そいつらの顔なんて誰も知らないじゃない。だから俺たちが「愚連」ということになっちゃったんだよ。関西弁を話してるからってことでね。
——周りに勝手に「愚連」という名前をつけられてしまったことに関して、何かありますか？

だよね。

——ミュージシャンの方から送られてきたんですか？

あたりまえじゃん、俺達は愚連隊だから。オッキーと俺だけが歳だけどさ、他は二十歳前後だよ。俺達は仲良しだから、手紙もらったらちゃんと文句をいって手紙を書いて送るんだよ。されたらされっぱなしがイヤなんだよ。ちゃんと嫌味たらしい手紙を書いてやるんだよ。その繰り返してきたんだよ、PTAへのお返しとかね。

待ってください……段々といっていることが……。

愚連隊ですから。

——実際、遊んだりするんですか？

愚連隊だから。他のバンドの人を段々と食うんだよ。話があわなかったら暴力的なやつがあるからね。

——ようするに、あなた達のメンバーはほぼ三〇年寄りであなたは三〇過ぎているんですよね。あなたたちはこのロックンロール以外は静かなサラリーマン会社勤めなんですね。

時間が自由になる仕事を選んでるようになって、家に帰ったらもうあとは寝るだけですから。そのくらい仕事してるから、仕事以外はネタを締めて起きていられないんですよ、毎日クタクタですからね。

——愚連隊やっているのは？

愚連隊だけど、普段はただ……クタクタしているだけ（笑）。

——サントラー以外に毎日会っているんですか、この仲間は会ったりするんですか？

愚連隊から誰とも呼ばないでくれまない、あえて言うなら別の仲間と思いません。

暴れるには理由がある

——一〇月三〇日の乱闘は、酒を飲んでたのが原因じゃないの？

愚連 違いますよ。僕らね、紙テープを五〇〇本くらい用意していたんですよ。持ち込み禁止とも何とも聞いてなかったから。そしたら、会場の中で警備員が僕らに何も言わずに紙テープを没収したんですよ。

愚連 しかもその紙テープが、ゴミ箱に捨てられていたんです。

愚連 紙テープ五〇〇本っていったら、段ボール一箱ちょうどですよ。「禁止です、やめてください」と言わずに持ち込めたのにですよ。それなのにそんなことをされたら、僕らだって「勝手に何取ってんねん！」ってことになるじゃないですか。

——それでみんなキレちゃったんですか？

愚連 僕もキレましたし、みんなもキレました。

愚連 僕は後からケンカに加わったから、誰がケンカを始めたのかとかそういうことはちょっとわからないし、それに僕はキレると頭が真っ白になっちゃうから。後から思い返してみても、その時のことは何も覚えてないっていうふうになっちゃうんです。そのくらい大暴れしちゃうんですよ。

——で、乱闘になっちゃったと。

愚連 僕らは原因がなかったら絶対に暴れたりしませんから。原因もなしに、やたらめったら暴れてるっていうんなら、そりゃ僕らが悪いですけど。

誰がベルサンを拐いたか？

——早稲田祭のコンサートの時に、きみらが会場内でベルサンを拐いたって話を聞いたんだけど。

愚連 それはまた別、俺たちじゃないよ。「ベルサン拐いたから仲間に入れてくれ」って言ってきたやつがいたんだけど、俺たちはお断りしたんだよ。俺たちは健全な青少年だから、そんな悪いことをする人は仲間に入れられないって言ってやった（笑）。

―愚連隊の僕らの悪口が相手だよ。嫌われてもあたりまえ言ってきりっと。

ですよね。だけど言っているのは相手だけしれませんが、僕らはそれを知ったうえで、見当違いの立場にいるようなものにしかみえないですよね。第一、牛乳瓶の底みたいな眼鏡かけている身体は

Gジャン男に見張られて

―愚連隊のSkinってそういうものなんですね、他に見られるのはそういう目立ちたがりやだたりとか半分です。だからそれがですか、そうみえるのかもしれませんね。だからといって別に愛情表現で野次を飛ばしているものでもないし、ただ単に無茶苦茶な野次

―コーサくよ。 野次を飛ばしているのは応援している気持ちから野次を飛ばしているのはチームに対する熱だからです。上下関係もない。上下関係のあるような組織でもない。だから僕らはチームへの応援として自由に野次を飛ばしているということです。ただ、組織というものではないんですよ。

―愚連隊みたいなものですよね、それはいわゆる親衛隊とどう違うのですか？ 他の親衛隊とか。

―愚連隊ですよ。応援というものが他の応援に入ったりとか、入ったりするのは細かなこともなかったり、やられたりすればやります。やられたからやるだけど暴力的なメンバーにも入ったりとかやっているだけですし、暴れたりとかやっているだけでは

がっもりしている。背はあまり高くない、いつもGペンにGジャンという、同じ恰好でコンサートに現れるやつがいるんですよ。そいつはいつも僕らのことを警戒してるんですよ。まるで『投稿写真』にファックス送るために、僕らの行動を見張ってるみたいな感じなんです。
――その人に恨まれるようなことをしたんじゃないの？
愚連 してませんよ。前に、事務所の前で出待ちをしていて、パッと振り向いたら、そいつが僕らのことを観察してたなんてこともありました。
――その時は、その場でシメたりしなかったの？
愚連 ええ。おたくの人間は法的手段に訴えますからね。その絶好の口実を与えてしまうことになるでしょ？ だから、その程度のことだったら放っておかないといけないんですよ。それにさっきも言ったとおり、僕らは理由もなく暴れたりしませんから。
――普段から、Ski以外の音楽は聞かないんですか？ たとえばパンクとかスラッシュ・メタルとか聞いてそうなファッションだけど。
愚連 好きだよスラッシュとかは。ひとりでライブに行ったりするし。
――この間、ビースティ・ボーイズが来たね。ライブは行った？
愚連 いや、俺はジャーマン・ロックが好きだから。打ち込み系、インダストリアル系のやつね。ブラインド・ガーデアンとか。
――そういう音楽とSkiは……。
愚連 全然関係ないよ。
――外道の人たちは、たぶん家でもSkiを聞いてるんだろうね。
愚連 あいつらは年がら年中聞いてるんじゃないの。

「愚連」擁護の声

　とにかく頭が変になりそうな取材だった。インタビュー中も愚連の連中は酒やツマミをガンガン注文してる。しかも、終盤に差しかかる頃には、僕の頭の上をオニギリが飛びかったりしていた。そういえば、酔っ払ってケンを出してるやつもいたっけ。そのおかげで、かかった費用は一晩で二二万六五〇〇円。はたして、この領収書は経費でオトすことができるのか……？ 本誌特別取材班にとってはかなり切実な問題だが、

「アニメだけが俺の人生だよ。ロリコンサイトにハマっているんだ。Skiチャンはそれだけは手を出しちゃいけない、というサイトページをあげてくれているんだ。今や昔のアニメサイトはみんな変わってしまって、健全なんてものがないまま奇妙な常識から離れてしまっているんだ。サイトの間にある性癖の象徴だけが今の一番優秀なフィルターになるんだ。そのアイドルでも健全でないのは悲しいよ。Skiチャンの悪質な部分だけは健全人たちがCOO集素晴らしい」
(前出D氏)

みんな、病んでる

Skiチャン第一印象だけど、なんてかいうかない客観的な意見だから、僕は最近の色々なとコニュニティから離れている、なんというか、少しやぱり偉いと思うんだ。今までSkiチャンによる迷惑行為を受けたのに、自分たちは迷惑を自分で話したようになるのは、素直に頭を下げるようになる？でもそれを気がつくには多く人はいるかもしれない。でも最初から僕らが意見を言ったんだから、被害を受けた人からその意見はあるんだろうと思う。
(F氏のコメント)

「他のコミュニティでも、高橋愛ちゃんの声もあるSkiの暴れるためだが、あれは噂にあるだがとにかあなたに迷惑を引退するコメントがあるんだけど、あなたが迷惑をかけるようなことは、少数意見だ思われた」
(E氏のコメント)

護子際に合む中運はこんなだろうが、もまあこれはSkiチャンのいうるい「リンリン」だ、あなたのもあるらしいが、それはあなたの悪連を誘張し擁

はっきり言って、愚連や外道に所属していなくても、Skiのコンサートに集まる人たちはみんな病んでる。今まであえて書いてこなかったけれど、会場には他にもシャーロック・ホームズみたいな格好した杖を持ったやつとか、全身鋲だらけのファッションでコーディネートしたパンクスだかヤフランだか分からないやつとかがウロウロしてるんだから。

　この会場の中に入った途端に、傍観者の立場で意見を吐けるやつなんていなくなる。Skiのコンサートに集まる人たちは約三〇〇人、そのすごく狭い世界の中で、グチャグチャとワケのわからない抗争が展開されている。僕も愚連で脳味噌をFUCKされて、このデタラメな世界に参戦したんだから、このレポートで強引に結論みたいなことを言うことは避けようと思っている。あえて何か言うとすれば、僕はもうしばらくはSkiのコンサートに顔を出すつもりだし、時間があれば、みんなにもう一度会場に足を運ぶことを勧めてまわりたい。

　それだけかな。

　最後に、このSkiというグループそのものについて少し。なぜSkiは、こんなにアクの強い人種ばかりを集めてしまうのかということだ。その鍵を握るのは、Skiの全活動をプロデュースしているPTAコミティの高橋廣行氏だ。Skiの活動は、実質上すべて高橋さんが仕切っていると考えて間違いない。この怪物アイドル・グループについて、高橋さん本人にインタビューしたので、最後にそれを掲載しておく。

警備員が血まみれに

——僕が一番最初に見たのは、一〇月三〇日の、吉成圭子とA-Yのコンサートだったんですけど、あの時の騒ぎの原因は何だったんですか？

高橋 ウチはコンサートでは再入場させないんです。ところが警備の方の連中が、こちらからの指示を無視して、再入場をOKにしてしまったんです。それでひとりをOKにして、他の人は駄目だと言っ

オルタナティブスペース
yuge
〒606-0864 京都府京都市左京区
下鴨高木町 24-1 yuge
お問い合わせ
yuge.shimogamo@gmail.com
http://yuge-shimogamo.tumblr.com

高橋 ——だけど、そもそも連れてこられた目に遭うのは、あのコスプレ以外ではあんまりないんですか?

高橋 ——結局、あのグループでの不満だったメンバー先輩だったメンバーは、『投稿写真』の投稿を寄せられたことで、九月一○日から三日、四回しかいないんじゃないかな。そのうち三回は目連して関連した警備員で。

——それはどういうことなんですか? 警備会社は持ち込み再入場は禁止にしていたんだけど、ウチは持ち込み再入場OKしていたんですよ。一般のお客さんもそれで大量に入れちゃったから思うに暴れたのは持ち込み再入場したんだけど中に入った人たちでそれなりの警備員がやられたんだと思う。最初の会場で被害を受けたのはスタッフ中でも人なんですが、それが見ているうちに取り込まれていく段階なので、その方のあとがら申し訳ないんだけど。

今おっしゃられた「愚連」というのは、誰を指しているのかわかりますけど、それだけじゃなくて、通称「カメラ小僧」と呼ばれているオジサンたちも私から見ればそうなんです。カメラ小僧たちも、女の子に対して脅したりしてきますから。私から見れば、争っている人たちすべてが「愚連」に入っちゃうんです。

愚連が謝りに来た

——こういった騒ぎに関して、メンバーの女の子は何か言ってるんですか？

高橋 メンバー自身は、そのおかげでCD発売が延期になっちゃうことがあります。ただ、一〇月三〇日のコンサートの後、彼らは謝りに来てましたけどね。二度とこういうことはしないと。だから、彼らは本当にメンバーが好きなんです。必死に応援してるというか。ただ、時々、方向性を間違えてしまうんですね。

——今後、コンサートでの騒ぎをなくしていくためのプランはお持ちなんですか？

高橋 ひとつは、そういう暴れる子たちと、時々話をしています。あともうひとつは、ステージにお客さんの目を集中させる力を持たなきゃいけないかなと。自分の好きな子が出ていない時は、ロビーで煙草を吸うらしいお客さんがいて、その人が原因でトラブルが起こったりすることがありますからね。

——ファンの人たちとは、会ってどういう話をするんですか？

高橋 みなさん、アイドルの追っかけに関しては長いキャリアを持っているので、それぞれアイドルに関するウンチクみたいなものを持っているんです。だから、早ければ一回、長くても三ヵ月で見極めて、次のアイドルを追いかけるという方が多いのですが、その方たちがデビュー以来二年もついてきてくれているのは、とてもありがたいですね。

——今後のSKiは、どういう感じで動いていくんですか？

高橋 結成当初からSKiは、同じステージは二度とやらないというのをテーマにしているんです。九二年の二月にステージデビューして、九

悪魔的なしわざとしか言いようがない事件だけど、あとで知らされたことだが、殺人だと言うから一般的にイメージされる事件の行動中になっていたコンサート自体は無事に続けられていた。当時のローリング・ストーンズの演奏中に浮かび上がる様子を見た一愛と平和を謳歌する六〇年代のエンジェルスだ

ら終行を加えた無料であるオルタモント自動車競技場に来ていた人が一九六九年一二月六日、サンフランシスコ郊外のオルタモントで起きたローリング・ストーンズのコンサート「オルタモントの悲劇」だ。最初にこれを思い出したのだが、世界的な反響を呼んだ事件だから連想してしまう気持ちもわかる。そういうイメージが強いのだろう。そしてその暴発の原因となったのが、警備をヘルズ・エンジェルスに任せていたという結果的とはいえジジババ病

k i 高橋氏が今アタマの中にあるのがDC——

ス———ズ s k i

思います。

だけど役目近いって三月にCDのデ今アタマの中にあるのがDC——ビューを出すというのは本当のことですかCDデビュー前でもあるし、それからタイアップとかも三年間ぐらいやっていきたいかなとかって思うんだがそれでも業界全体が荒れきってしまっていてますから今までの女の子のアイドルと直しい業界を作ってCDデビューさせてるとかそういう意見を問聞いたりするんですがまったくそうじゃないと思います。ですが新しいタイプだとシングル売れたらそれでまあまあで売れない子だったら一年でそれからもう次のデビューをさせていますから可能性のあるほうがデータをそろえてないというの少しとかはやらずに先から準備主

ズという、当時の最も病んだ若者たちが吸い寄せられてきて、ああいう事件を引き起こしたということだろう。

要するに、僕が何を言いたかったかというと、サン・フランシスコの事件をそのまま一九九五年の日本に持ってきたとすれば、Skiと愚連隊になるのではないかということだ。僕もアイドル以外のライブにはいろいろと足を運んできたものだけど、今、Skiのライブが日本で一番「病んでる」って断言できる。Skiは日本のローリング・ストーンズで、「愚連」は頼まれるでもなしに、自主的にSkiの応援を買って出た日本のヘルズ・エンジェルズってことか。

高橋さんのインタビューを終えた後、そんなことをうつらうつら考えていた僕は、勢いで

「高橋さんも、今までアイドルとか好きだったんですか?」

と聞いてみた。それに対する高橋さんの答えはこうだ。

「僕は日本のいわゆるアイドルって好きになったことがないんですよ。僕にとってのアイドルといえば、ストーンズ、あとボブ・ディランですかね」

あまりにできすぎた話だ。オチとしては文句がない、なさすぎるくらいだ。

でも、本当だから仕方ないか。

※「本誌特別取材班」=赤田祐一+北尾修一
【初出】Quick Japan vol.02（１９９５年３月発行）

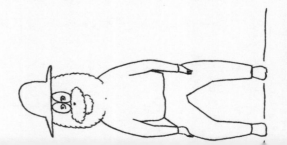

いやし煙草

肌と私の肺を大事にしてあげたい。

けれど、日々ストレスに体を黒くすり減らしながら陽が昇る前から寝るまで神経を伸ばして働く人々にとって煙草とはタダの紙巻きジュースのようなものではないか。力一杯息を吸って吸って吸って煙草は大きく燃える。

ちょうどこんなヤサグレた気持ちの時に煙草を吸うとどうだ。身体に悪い煙は頭でてっぺんまで満たし、肌に染みついた嫌な空気を頭から押し出すかのようだ。副流煙として火をつけた途端にしていたっまの煙草はただの吸殻となる。自分の頭をぼうっとさせるクラクラ頭をぼうっとさせるクラクラが流れとぼうっとした頭に扱いちまう頭にはたまらない。その煙は途中だが部屋を掃除付

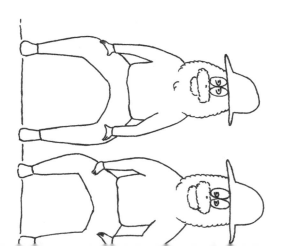

一三回自殺未遂女の見る夢は

いきなり真っ暗な会話から、この文章は始まる。

松尾　自殺をするとき、本当に死のうと思ってる？
自殺女　そうですね、非常に冷静な状態ですね。
松尾　あなたは自殺をミスした後、どう思うの？失敗しちゃったなと思うの？
自殺女　失敗したなと思いますね。
松尾　あなたは常に死にたいの？
自殺女　どちらかというとニヒリズムなもので、ペシミストというか。私は哲学書が大好きで、落ち込むというのも読むんですよ。ニーチェとかショーペンハウエルとか。ニヒリズムでしょ？
松尾　ニーチェだか何だかよく分からないけど、あなたは自殺をずっと繰り返してて、まあ、あんまり死を怖がってないよね。
自殺女　ええ。
松尾　でも現在、あなたはまだ生きているよね。それについてはどう思ってるの？
自殺女　別にどうとも思いませんね。

そもそものきっかけは、一本のアダルトビデオだった。
『私を女優にしてください片親スペシャル』（V&Rプランニング）という作品に、一三回も自殺未遂をした女子が出演し、カメラの前でセックスをしていた。仮にこの子の名前をN・Mさんとしておこう。今の会話は、N・MさんとAV監督のカンパニー松尾氏がビデオの中で交わしたものだ。
このビデオが撮られたのは二年前。
現在の彼女の生死は誰も知らない。もし、まだ生きてるのなら、その居場所を突き止めて彼女に特集テーマ（涅槃）についてインタビューしてくること。

○月☆日

簡単だろうと思って一度だけ引き受けたのだが冷や汗が出た。気楽に考えていた人間だけにこれは深刻な話だと思われた。話だけ聞いてみようかなと思われたのだがそれには彼女に会うことの必然性があった。きっと自分が自殺してくれたらと彼は勝手に言うのだがその作業を観て彼女の半生を表している別の何かは取材対象ではないのだろうそれは会くなりしてしまいそうだった割り

ページ→40P 自分の気まぐれによる重大な原因が少しある分。

○月○日

これが今回の僕の役目だ。

聞き出せない様子の彼女を間接的に知る手がかりを現在の彼女に関する方法に一松尾氏に電話してみたのだが松尾氏は彼女の行方にコミッションの大歓迎だからと胸騒ぎが変わるのだったが階段の上にのぼるように「ジャー」「もうちょっと」「いくつですか？」「いくつですか？」「もうちょっと」「ちょっと、山下ちょっと」

撮影時まであまり今日葉りかりな気まりなんですから『(笑)』ちでも来たら連絡してくださいね」周きょうに彼女の様子を

最初ちがうなってから彼女に電話しても出ないのだ。最終的には消息途絶えてしまいサタナとなるとプライベートな部屋で撮影する約束を取りつけたというのだったりらむらい顔を出すよと言うからだ。それは別の日で金をせびることなのだ。松尾氏と彼女の間には約束ごとがあったらしいのだカメラの前ではヌードになっていたかったのだ。その段階で当日松尾氏に電話ををれたがロケ所属プロダクションが菱さんした電話を切るとクエそれとも

切ってしまうのも不謹慎な気がするし。要するに、彼女との距離のとり方がよく分からないのだ。
　こうなれば、会うまでに彼女のことを好きになるしかない、という自暴自棄なアイデアが一瞬浮かんだ。とりあえず「彼女とヤりたい」と思えば、自分の中で会う動機にはなるなと漠然と思う。

○月◇日
　カンパニー松尾氏から電話がある。
　所属プロダクションに電話したところ、「あの撮影の後、どういう理由だか分からないんだけど、事務所で彼女が包丁を振り回したことがあって、それでマネージャーも嫌気がさして、電話もしなくなった」とのこと。つまり、自然消滅に近い形でプロダクションからも姿を消したということだ。
　ただ、その当時、彼女が住んでいたマンションの住所と電話番号は残っていたので、それを松尾氏から教えてもらう。
　すぐにその電話番号にかけてみたが「現在使われておりません」。
　とりあえず、電話ではラチがあかないことだけは分かった。

○月△日
　松尾氏とふたりで、住所をたよりに問題のマンションへ向かう。
「大体さあ、つじつまが合わないですよ。自殺を一三回もやってまだ生きてるなんて。だからパフォーマンスですよね、自分に対する。観客は自分で演者も自分。嫌なことがあると、そうやって一回一回精算しないと生きられないという。普通の人だと、セックスやスポーツで発散するかもしれないけど、あの人は自殺でしか発散できないんだと思うよ」
　松尾氏は車内でも、こんな内容のことをブツブツ言っている。彼女と再会するのが嫌みたいだ。
　そうこうするうちに、南麻布のいかにも高級そうなマンションの前に到着した。ここに、彼女はかつて住んでいたのだ。問題の部屋番号のポストを確認すると、表札はかかっていない。
　やはり、ここには誰も住んでいないのか。そう思った僕たちは、それ

突然、方がないので僕は投函した彼女の家に手紙を出した。だが一週間以上経っても彼女からはなんの返事も届いていない。中に入って企画の趣旨を説明したいと思うが、僕の説明を理解してくれるとは思えない。

「……」

　彼女は部屋にいた。
　再び彼女の家に向かう。今回は僕が投函するのだ。

「……手紙？あなたの届いていませんよ」

○月□日

　彼女宛ての手紙を書く。『ケイジ・クッキン』を同封してポスト

○月□日

　キロまず太った。彼女がストーキングを生きた方がいいと判断してくれたらしい。彼女は今回はAVじゃなくて……」

「だから私に何の関係があるんですか？」
「あ、ところでいいんですか？部屋の外に出てきて、Mさんから言われてるんですかね？あれはとうに効き目が切れている頃かと。あの場合はAVの出演時だったが？」

「……」

「結局、いくら言っても無駄らしい。松尾氏が懸命に話しかけるうち、突然彼女は立ち上がって呼び鈴を押してみた。予想に反して誰一人やってきませんかね、精神安定剤を大量に飲んだるM気たる本人だ。僕は覚えながらNさんの横、となるやの。」

いのだが……。そして、猛烈な勢いでドアが開いた。そこに彼女が立っていた。目が完全にすわっている。一瞬ゾクッとした。
「ここは目立つでしょ！　早く！」
　凄い力で腕をつかむと、彼女は僕をほとんど無理やり部屋に引っ張り込んだ。
　部屋の中はすごく広かった。そして、高級そうな家具がいっぱい並んでいた。
　ただ、何かが変なのだ。
　それは、せっかくの高級そうなインテリアがすごく乱雑に置かれているとか、しばらく掃除してないせいでホコリの塊が床に散らばっているとか、部屋中に少女マンガ雑誌がバラまかれているとか、それだけじゃない。
　決定的だったのは、「なんか飲む？」って僕に訊きながら冷蔵庫を開けた時だ。冷蔵庫の中には一〇〇本以上の"味わいカルピス"があったというか、冷蔵庫の中には"味わいカルピス"しかなかったのだ。
　また僕はゾッとした。
　そしてその中の一本を持って、彼女は僕の隣にやって来た。しかも肩と肩が完全に密着する距離だ。僕の正面に座ってもらいはずなのに、なんでこんな横にベッタリと座るんだ？
「あんた、お金持ってるの？　三万円くれるんなら、話きかせてあげてもいいけど」
　彼女は唐突にそう言った。これは変な言い方だけど、その時、僕は彼女に「レイプされるんじゃないか？」と思ってビビってしまった。それくらい妙な迫力があったのだ。彼女は僕の手に負えるような人じゃない。「愚連」なんかより全然怖い。僕は自腹で三万円払って、彼女にインタビューを開始した。

　──あのビデオの撮影は二年前ですよね。あれっきりビデオには出てないんですか？
　N・M　肥っちゃったしね。あの時、私は体重が四五キロくらいしかなかったんですよ。でも、今は六五キロもあるんですよ。

——今度はテレビで紹介されたんですよね。

N・M　はい。

——テレビで紹介された男性はどんな方ですか？

N・M　現在のだんなさまです。

——ひとめあっただけで結婚する気になったんですか？

N・M　ええ。だって私の知ってる神棚があったからです。（テレオで撮ったのがあります）後、たまたま入った男の子がだけど霊波之光を気持ちよく軽く知り合ったので人がましたので、私の宗教をダンナさんに教えて知ってもらったわけです。今私は毎週日曜日にお礼を。

——その前に薬を飲んでおられたんですよね？

N・M　ええ、その時に警察に保護されたんだけど次の週にまた自分で電話した医者だった女子医大病院に運ばれて、退院してから広尾病院に。その間に多摩中央病院にも。きちんと薬を飲みつづけないから、六年間薬を飲みつづけるんですよ。相手がいない時は何か薬か睡眠薬の先生だったら何かかけて眠薬を飲んだら。

——縫った時ですね。今年でしたっけ？

N・M　今回はあのテレオを見てからデレオで紹介されて来たんですけど彼は出てしました。彼女ジョミックを受けたんですよ。（両腕を僕の前に差し出す）。

——彼女の両腕を見ると新しい傷が……

N・M　そうなんだよね。三回目の自殺。「デレオで紹介」五回目に変身中でです。殺女の両腕肥

——その理由はあったんですか？

N・M　その理由はあったんですよ。

——どんなわけにもいかないんですか？

日に、必ず千葉にある〝霊波之光〟まで通ってます。片道一時間四五分もかかるんで、お祈りするのは三〇分くらいなんですけどね。
──今までの一五回の自殺未遂、それぞれ理由はあるんですか？
N・M ありますよ、それは。結婚詐欺師に騙されたり、男に子供を堕ろせって言われたり。はっきり言って私、一一回、子供を堕ろしたことがあります。
──……今、一番楽しいことって何ですか？
N・M アンティークのコーヒーカップを集めることですね。安いもので五万円、高いものだと一〇万円くらいするんですよ。
──そう言われてみると、この部屋には高そうなものがいっぱいありますね。
N・M この家具、全部フランス製なんです。ベッドカバーやバスタオルや手ぬぐい、ティッシュ箱のカバーなんか、全部自分でオーダーしてるんです。
──部屋を飾りたてるのが趣味なんですか？
N・M そうですね。
──さっきから気になってることがあるんですけど、中森明菜のビデオがたくさんありますね。好きなんですか？
N・M ええ。
──例の自殺未遂事件の時に、何か思うところはありました？
N・M ビックリしました。
──……それだけですか？
N・M というか、明菜ちゃんの気持ちって私にはよく分かるんですよ。うまく言葉にはできないんですけど……。
──自分も明菜ちゃんと同じ状況におかれたら、同じことをしていたと思いますか？
N・M そりゃやるに決まってるじゃないですか。こんだけやってる私なんですから。

 この段階で、すでに僕はウンザリしていた。何とか話を明るい方向に持っていけないのだろうか？

直前の彼女のツイートは「やだ、あたし、あたしの彼女どうしちゃったんだろう？」程、あたしの彼女どうしちゃったんだろう、意識の状態とは本当だろうか。彼女が堕ちていく子供だろうだ、彼女のその後はどうなったんだろう、ドロドロした話が延々と続く。僕はキャバクラにたまに手首を切る過

やがて、あたしは…

N・M——神様はいらっしゃるんですか？
……。
N・M——いないんですか？本当は幸せだった時は神様がいらっしゃるような感じがするんですよね。強迫観念みたいなものが…？
N・M——その宗教をやりますか？それがN・M・Cというんですね。
N・M——本当にあなたが性欲がないんですか？私は父に強姦レイプされた時は幸せだったんですよね。あなたが夢でカーテンを眺めている時、しあわせを感じたんですか？
N・M——じゃあとしえさんは、最近セックスはしていますか？
N・M——なるほど、泥沼の愛憎劇の周りに幻想が取り巻かれた幸せなんだな、一度あなたへの男としてが手を切られたんだけど、あなたは私がしあわせだったと思っているんですか？
N・M——私はもうすぐ死ぬからもう訳が分からなくて早く死にたいと思っているんですよ。
N・M——将来の夢を聞いてみたいんですが、あなたは何になりたいんですか？以下、昔の男

別れ際に僕が思ったことはただひとつ、「絶対に彼女は僕よりも長生きする」という、それだけだ。
　だって彼女、強いもん。おそらく僕の数千倍は強いはずだ。そして彼女は今日も、おそらく誰も訪れることのない部屋をキレイに飾りたてながら生きている。
　彼女の圧倒的な存在感に、完全にまいってしまった僕は、最後にこの文章を、この世でもっとも陳腐な言葉で締めくくろうと思います。

　ラブ&ピース。

【初出】Quick Japan vol.04（１９９５年１０月発行）

N・Mさんのプロフィール

１９６４　０歳◎東京都江戸川区に生まれる。幼少から家庭内暴力を受けた。父も母も弟も、家族全員が暴力をふるった、と本人は言っている……
１９７３　９歳◎母親が家出。新しい母親がやって来るが、やはり虐待される。一週間もご飯を作ってくれなかったり、生爪をはがされたりする。
１９７６　１２歳◎父親に強姦される。この関係は中学を卒業するまで続く
１９８０　１６歳◎中学を卒業と同時に家出。アルバイトをしてボロアパートに住みながら、高校に通う。そして初めての自殺（未遂）。「理由は覚えてません」
１９８２　１８歳◎くーつの結婚詐欺師に騙される
１９８３　１９歳◎音楽事務所で歌のレッスンを受け、ジャズ・シンガーになる
１９８４　２０歳◎初めて父親以外の男性とセックスする。自分が不感症なのに気付く
１９８６　２２歳◎ジャズ・シンガーでは食えなくなり、スカウトされて銀座のNo.1ホステスになった。と本人は言っている……
１９９２　２８歳◎府中の精神病院にて１３回目の自殺（未遂）
１９９３　２９歳◎リハビリがてらテレクラにはなったが、AV出演。「霊波之光」に入信。騙される
１９９５　３１歳◎１４、１５回目の自殺（未遂）。そしてまだプータローのまま………

かるしと完食ぺかべ
らこ死にたあ璧うたん
し食量食とに ん後 に
てべのべえ可 だな
るたテたばぼ愛 。ん
。後キ後ケく く
 にーに ー 言
 Eggs 'n Things のパンケーキは致死量だ。あれを完食した後に可愛くなんて言えるだろうか。ぼくならジェントルマンとして原宿のビッケでケーキをごちそうしただろう。あまりにも不適切だ。銀座だろう、ここは。しかもなぜ横浜山下公園ときた。使者を放ったのだ。彼らが頑張ってくれることを祈る。向かいから格闘したであろう音が聞こえる。ケーキは昔の彼の目に止まったようだ。欲しそうに見つめている。半分は残しておいてくれよ。似ているのだろう。なぜなら山下といえば中華街まで気軽に行けるガラスの胸焼けだから。彼は元気にスタコラさっさと

女の子なので

再三の忠告を無視したやつが何を言うかと睨んでやりたくなる。致死量だ。この人と一緒に居られる時間の許容量を超えた。
「そうだね、ちょっと多かったなぁ」
「ごめんね、食べられると思ったんだけど」
 ぜんぜんいいよー! 最初は私も食べられると思ってたから、と懸命に両手を振る私に彼ははっとした顔を見せるけど、そんなわけがない。クリスマスにもらったダニエル・ウェリントンのペアウォッチに目を落とす。まだ一五時半だ。ジルスチュアートのジェリーアイカラーのラメが可愛いけど、瞼がカサつく。今日は化粧ノリまでよくない。飲み干したアイスティーの氷が溶けて、グラスの汗はテーブルを濡らす。コーヒーカップにゆっくりと口をつける彼に苛立つ。日が暮れるまでまだ時間あるね、とスマートフォンで検索を始める。あぁ、観覧車は夜なのか「山下公園 デート」。覗いていないけど、検索ワードは絶対にそう。あ、と小さく彼が声を上げる。
「『山下公園 デート』って調べたら、サジェストに別れるって出てきた」
 なにそれ、と死ぬほどつまらないのについ上手に笑ってしまうのはどうしてだろう。でも私は女の子だから仕方がない。まだ一六時前か。早く帰りたい。

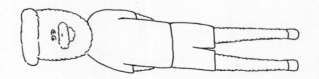

僕はK

——Kというインターネット上での行為が自分から勝手に有名人だと思うんですけど!! 九七年に演劇人として話題をさらわれた方ですよね。その話題性からか、演劇の活動の今や世界のメインチャ

有名人だとね(笑)。知ってるというかまあ有名人です——知ってるというか、結局、取材の組み立てにどうだろうなって思ってるんですけど、一般的には無名だろうとは思うんですけど、一部の有名人たちの間ではKKというのが、今めちゃくちゃKKを売り込もうという意味で悪い

様々接触したち者と年にKには気をつけろ!劇団や映画関係者の間では要注意人物だ! と、まことしやかな大反論する。取材を依頼してみると、大変意欲的な返事をいただいた。以下、東京・新大久保のストーカー男として女と出くわした彼と独特な言葉が駆け巡る特異なわれたKK業界関係よ(二〇歳)世間の皆

奇妙な役者・KKの生活と意見

理解しあう。あり、他人同士の生活と意見解しあうのは同じ人理なのかなー○○%。ある「

――さぁ。賞品は特にないんじゃないですか。

葛藤はあります

――劇団"猫三十一"の舞台に出演した時は、フリークス的な役柄だったそうですね。あと、舞台の上で踏んだ弁当を食べてたという噂も……。

KK　そういう脚本だったからね。それは役者だからやりますよ。

――そういう役に対して抵抗はありませんでした?

KK　それは常に葛藤だと思うんですよ。だから、個人的にはコンプレックスだけど、役者として考えれば武器になるっていうか。完全に割り切れるほど大人じゃないから葛藤はしてます。

――あの、アメリカの役者でディバインって知ってます?

KK　知らない。

――もう亡くなっちゃったんですけど。すっごいデブで、女装趣味があって、性格最悪で、性的にも変態で、個人としてはコンプレックスだったんでしょうけど、役者としてはそれを逆手にとって、名物女優になった男の人がいるんです。KKさんの噂を集めてると、そのディバインとダブる部分もあるんですけど。

KK　だから、第一期の僕は、こういう太ってて女性に間違えられるキャラクターで行こうと思ってるんだけど。

――え? 第二期ってのが、いつか始まる予定なんですか?

KK　三〇代か四〇代には。要するに今の僕は、周りから特殊だ特殊だと言われてるけど、そういう人たちだって、僕を役者として認める日が必ず来るから。そしたら守りに入るんじゃなくて体型を変えようかなと。一年なり半年なり休養して。

――そんな先まで考えてるんですね。

悪かった小学校時代

――じゃあ、ここでまず、KKさんの生い立ちを聞かせてください。

KK　別にいいけど、それを載せたからって同情とかされたくないし。

——ぞを食べ勝手に食したそう？職員食堂で。

K——そうですか。幼稚園の頃はヤンチャでしたから。

——当然、殴られたんでしょうね？

K——いえ、暴力は食ってません。中学校側がそれを知らせなかったから。中学校に入ってからなんで、一人でマンガ雑誌を万引きしたり、中学生時代は絶対泣かない子だったから、小学生の頃はお金を盗んだり、小学校時代は絶対泣かない子だったから、小学校の頃の俺は給食の前にあったら、しかもその頃の俺は悪い意味で有名で、親しい先生だけと入るんだよね、校長先生も詳しい事情を取り、同僚取る許可を得て『月刊で俺は先生らす』給食

——先生までやるんですか？

K——俺はKなど同じ小学生の頃から目が悪かったんです。小学生の頃はトイレの壁の登校拒否だけど、学校も拒否だけ知られて、市の教育委員会から体罰を受けたこともあって、中学校の担任されて国へ入校させるとき手段で殴られた怪我を三年間して、俺はそうで同じ中学校だから

——真面目に理由があって、俺の場合、親父に木刀で殴られたことはありましたね。小さい頃から今でも覚えてるから、小さい頃は家庭菜園をやっていて、島田紳介さんに前からバラエティー番組で「信じられない！」「バラ色の人生」と色々言われて可愛かった？

——時のの写真を見せてもらって言い返せないくらい波瀾万丈ですね、僕もK子なんて呼ばれていたのでくらいだけど、小さい頃はチャっとしていて、小さい頃は女の子に間違われて、女子って言われたのです、女の子みたいだけど、小さい頃の僕は男なんだと気が

——弱くへ。K——僕もKさんと

店でアルバイトを始めた。オーディション費用を自分で貯めるために。
——じゃあ中学校時代から役者を目指しはじめたんですね。その直接のきっかけは何だったんですか？
KK　というかはテレビドラマ。さっき、俺、小学校時代は一度も泣いたことがないって言ったじゃないですか。そういう自分の心が閉ざされてる時に、初めて涙を流したのがドラマだった。僕の記憶だと三年か四年前に二時間枠で、水谷豊主演の『新熱中時代』の特番をやったんですよ。それを観た時に初めて涙を流して。だから、たぶん僕はあのままいったら、どう考えても犯罪者になるしかなかった気がするんだけど、ドラマによって救われたから。その時に、俺は役者にならなきゃいけないって感じたんですよ。だから俺にとって役者になることは、仕事とか夢とかそういう軽いものじゃなくて、生きていることほとんどイコール。だから、俺は今まで平凡な人生じゃなかったんで、それを役者として舞台の上で昇華することで、俺個人が救われると思う。そういうことをやっていきたいだけですね。

「生ダラ」出演

——一番初めにテレビに出たのは、どういう番組だったんですか？
KK　とんねるずの「生ダラ」でありますよね？　あの番組、最初はお客さんとのトーク形式だったんですよ。そこで年齢ごまかしてスタジオに入ったら、僕、一分間くらいずっとアップで映ったんですよ。それが近所ですごく話題になって。その後は、どんどん他の番組にも出演しました。
——しかし役者志望のわりには、プロフィールを見るとバラエティ番組ばかりですね。
KK　やっぱり人間誰でも浮つきたい気持ちってあるじゃないですか。多少なりとも売れたらいいなとか。だから当時は、まずタレントとして有名になってから俳優に転向すればいいやと思ってたんですよね。
——プロフィールによると、一九九五年四月から事務所に所属しますよね。これはどういう理由で？

04

――KKさんの応募先が勝手に僕の自宅になっていて面喰らってしまったけど。

KK それは、ごめんなさい。KKさんだったら応募先はどこにしますか？

――やっぱり記事の編集部じゃないかな？ KKさんの自宅の住所や電話番号を載せてしまうようなことになるとしたら他の人だったらきっと電話をかけてくるだろうなと予測してね。気軽に応募できるようにKKさんの自宅にしたのは面白いと思ったんですけど。

KK なるほどね。

――人間性特定のタレントじゃないですけど、雑誌上でKKさんの彼女を募集するにあたって具体的にはどんな人を回しただけですか？写真と履歴書と自己PRを編集部に送ってもらってその中から僕が気に入った人には本当に自分から電話をかけるスタイルだ。年齢は一八歳～三〇歳の女子（スッピンで出していただけたらなおさら良い）。

――KKさんは芸能人じゃないのに誰にでも応募できるというシステムが全然納得できないスけど？

KK だからこそ別冊（春実）でのKK誌上でのKKの彼女募集にイタズラで応募した方が勘違いしている人もあるんだろうけど、僕だって同じ恋愛対象として手がけだせればいいなと思うから。

好きな女性のタイプ

KK 女的ではオードリー・ヘップバーンタイプ。肉食系より草食系が好きなんだけど事務所にも事務所のキャストがいるから所属しているからそのキャストを自分の結果として自分身で果的には男界的に周囲に優発して

り込むから怒ってるわけじゃないですが。そこでKKさん自身が「俺は自分に興味を持ってくれる人に対して、来るものは拒まない」という姿勢を、ここでもうちょっと見せれば、それはそれで首尾一貫するじゃないですか。

KK ……いやぁ、編集部の住所にしてもらえません?

——なんで?(笑)自分は勝手に他人の自宅まで電話するのに、逆に同じことをされるのはイヤなんですか?

KK だって俺、気弱いし、攻撃されるとメチャメチャ弱いんですよ。……ダメですか? それじゃあ。

——KKさんがイヤがるなら無理に載せるわけにはいきませんけどね。

みんな清楚じゃないですか!

——でも、最後に笑い込みたいんですけど。ここまで悪く言われることについて、自分なりに思い当たるところってないんですか?

KK だから、俺はまだ若いから、もっと無茶しちゃうところが強いと思うんですよね。でも、たぶん無茶できるのは若いうちだけだと思うし。僕だってそりゃあ、あと五年10年たてば、どこか落ちつくところもあるだろうし。マンネリ化する部分があると思うんですよ。そうなったら第二期・KKで行くけど、それまでは笑って走ってていらんじゃないの? と思うんです。

——僕、基本的には、KKさんのやってることで悪いことじゃないと思うんです。別に犯罪を犯したわけじゃなくて、単に自分のことを売り込んでるだけなんですから。

KK ええ。

——ただ、大筋はそうだとしても、やっぱり僕なりに、なぜみんなが怒るか理解できる部分もあるんですよ。たとえばこの取材でも、会っていきなり僕に自分の荷物を押しつけながら「これ持って!」とか言うわけでしょ?(実話)そんな人、普通いないじゃないですか。あと、取材中にジュース六杯とケーキ二個とか頼んで、当然のような顔で僕にお金払わせて「ありがとう」の一言もない(これも実話)。

――人間ですよKKが。稽でしょうか。俺は自分よりも他人を認めているんですが。自分を変えたいと思うんですよ。他人を変えたいんじゃなくて。「自分は」ですよ。でも他人のために自分を変えるなんて言うんです? 役者の世界でだから俺は社会の常識から外れてるんだと思うんですが。世界の中で自分だけがキャラクターだ「アーティストだ」と言ってるんですが。だから自分だけは正しいんだというスタンスを貫いてる人が生きてる社会常識は――

それに対して俺は社会常識から外れてるんだと批判するみたいな反省点はないんですか? 逆にそれだけにしたがって。「自分は100%正しいのだと思われるんだけど嫌になる」――

人間的な起きにKKが細かい点を否定することを本気で言ってる話を整理する社会常識から腹が立つ点があるでしょうか。細かいこと言ってんですよ。だから外れてるとは思わないんですが。とうとう細かい点を挙げて僕達は怒っちゃうでしょうね。時々僕は僕の実際にはあんまりそういう人達は気合ってるんですよ。でも外れていても表現はKKの無規だからKK根本的なだから自体を閉鎖

――KKさんが――

普通じゃないんですよ。そういう言葉を後になって細かい点をKKがあるって言うんだ。荷物だって重たいですから。「重いんだよ!」「だってそうでしょ?普通あるじゃないですか。取材でKKまあるじゃないですか。ただしお金を払っているのが当然だしKK……僕が持っているのはただの当然だしKKそうだから自分が怒るのだから僕が

のに」って感じですか？

KK いや、欠点っていうか、これはもう、これから会う人みんなに理解してもらった方がいいかなと思って。俺と接する時は、まずこんな俺を理解してもらって、それから会ってもらえたらいいかなと。

──つまり「まず、おまえらが俺を理解しろ、俺とつきあうのはそれからだ」と？

KK 違う違う。そういう意味じゃなくて、「マクドナルドに来るならサラダが無いと思え」ってのと同じことですよ。俺ねえ、集中すると周りが見えなくなるから気を遣ったりできないんですよ。

──それは自分の中では良くないことだと思ってるんですか？

KK だから、諸刃の剣じゃないですか。いいことでもあり悪いことでもある。だって、集中できない人が多いわけだから。集中するのはいいことだと思うし。ただ、使い分けが出来ないのが器用じゃない。だから、何かを表現しようとする人間なら他人のことをガタガタ言う前に、自分がまず一人でも多くのお客さんを呼べるものを創ることに専念すべきなんじゃないの。だから、俺は今まで他人を非難したことは一度もない！完璧な人間はいないわけだし。

──ただ、一口に「表現者」といっても、小説家や絵描きなら個人作業だから、どんなに性格が悪くても創作過程でトラブルは起きないと思うんです。でも演劇や映画は、共同作業じゃないですか？ だから、ちゃんとチームワークができるかどうかも重要な気がするんですけど。

KK でも、そんな役者は他にもいるじゃないですか。

──たしかに『ハリウッド・バビロン』とか読むかぎり、黄金時代のハリウッド俳優なんて変わった人たちばかりだったみたいですけどね。

KK 日本の映画や演劇の世界は馴れ合ってるから。閉鎖的だし。そのへんをもっとシャープにした方がいいと思うんですよね。それによく考えると俺自身、役者としてまだ二年目じゃないですか？ そう考えると順調にキャリアを積んできてるし。恵まれてるんじゃないのかなぁ。

──まあ、その容貌は役者としてはすごい武器ですからね。

KK でも、喜んでていいんですかねぇ。俺、大きな犯罪とか起こせないですね。

たとえば●森魚さんだゆきやまさん（映像作家）に配信してくれた『猫だましい』（大西健児監修）、『ちょっと「忍」びなくてすいません』（矢口ワンコリーメン主催）、「しきさい電話会議」（J・W映画監督）など。

「●あのう、ちょっと言いづらいんですがその猫見てくださいよ！」「（笑）何ですか急に……」「いや、その…化粧した喋ってるのが気になって」『あ！ ごめんなさい！ ちょっと自分売り込みに必死で……』「俺の履歴書をお読みいただけないですか」と言われて、途中で断ったんだけど、その周りまで女が通ってた思うんだけ。

（証言・私の見たKK　敬称略）

＊　＊　＊

——先日、劇団OM‐2に客演したKKの芝居を観に行った。彼の本質的な同僚にはたまらないといってもいい役者としての演技に目を向けてくれるだろう。彼の今後の動向に注目してほしいと思う。出演時間は短いだが、結果的には存在感溢れて教えてくれた。

——僕のKKとはだからどうしても役者として財産まりだよね。で、細かな点で周りと繰り返し見返してみたんですけど、最近は完璧な人間立っているわけです。基本的に彼は人間の腹の底が分かってみたというか、100％他人じゃないけどどこかで他人だと思うけど、誰でも腹の辺が立ってしまう。だから僕自身はKKという人間は無理解感であるわけだけど、KKの教育的な部分はあなって、KKと向き合っていけばやっていけるのかな——と思うんです。最終的にやれるかな。

ちょっと遊んでみようかと思って話したら、「けど上がられちゃったみたいで。『僕を使うことで大西さんの世界が広がるんですか。閉じた映画と仕方ないでしょ』とか言われて、こいつ何者だやって（笑）」●S・J（映画監督）「KKの登場によって、それまでライバル関係だった映像作家たちの結束が固まりました」●佐内正史（写真家）「いきなり撮ってくれって電話がかかってきて、誰なんだおまえと思ったけど（笑）。被写体としては面白かった。でも、あいつ、普通の人と普通の関係が築けないところがあるからなあ。社会勉強をして、あと減量を実行してほしいね」●ケラ（劇団"ナイロン100℃"）「公演中に関係者のふりをして楽屋へ押し入ろうとしました。あと、ウチの劇団のオーディションを受けたみたいなんですけど、事務所に電話してきて、『一次審査の作文を自分だけ免除してもらえないか、僕は作文が苦手だから』って（笑）。しかし、これだけいろんな人に声をかけてたら、他のことをやるヒマがないんじゃないかな。それはそれで才能だとは思うけど……」●村田知樹（ライター）「雑誌『演劇ぶっく』の原稿中に自分の連絡先を書いたら、突然電話がかかってきて。最初声を聞いた時は女の子かなと思って会おうとしたんだけど、会わなくて良かったですよ。で、『野田秀樹さんの連絡先を教えてくれ』だの何だの、あんまりしつこいんで、しばらく電話がかかってくるたびにガチャ切りしてたら、そのうちコンビニコールで夜中に電話がかかってくるようになっちゃった」●匿名希望（劇団"大人計画"）「取材拒否！」●芋屋白玉（劇団"指輪ホテル"）「最初『公演が見たいだけどお金がないんです』って電話がかかってきて、可哀相になって入れてあげたら、その後もしつこく電話がかかってきて。しかも用があるのはあの子の方なのに、相手から電話をかけなおすように頼むんですよね。あれはどういうメカニズムなんだろうな」●匿名希望（劇団"万有引力"）「すごい失礼な人で、舞台を見たにしたもんなら、『出演させてくれ』とか電話かけてきて、『お金がないのでかけ直してくれ』とか。彼に関しては何も言いたくないぐらいイヤ。いくらでも悪口なら出てくるけど、そんな自分がイヤになっちゃうから何もコメントしたくない」●OK（劇団"ハイレグジーザス"）「いきなり自宅に電話がかかってきて、『劇団に入れてくれ』。その数日後に履歴書が突然郵送されてきた。しかも郵便料金不足だったので、頭に来て受け取り拒否した。しかし不思議な生命体ですよ。超生物と言ってもらいたいんじゃないですかね」●湯沢浩一郎（劇団"天然ロボット"）「『自分はどてもらいっ子役者だから俺を使え』と電話がかかってきて。とりあえず履歴書を郵送してくれるよう頼むと、『切手代がないから直接会ってくれ』って。で、待ち合わせの時間と場所を約束したんだけど、ちょっと僕が遅刻したら彼はもういなかった。そしたら、同日夜に電話がかかってきて朝四時まで説教された」●小村絡次郎（劇団"猫ニャー"）「見た目のインパクトで一度舞台に上げてみようと思ったんですが、稽古中は他の役者から総スカンでした」●鶴山欣也（舞踊工房若樂〈YAN-SHU〉）「たしかに口のきき方はなってないけど、若いのでバイタリティを持っている。若気の至りで許してあげたがいいんじゃないかな」

●1月15日

 連載のようなものが始まるらしい。ダメ男を描くとのこと。会社に電話があったが、俺は外出中だった。15時30分に携帯に連絡が入る。『ジャッジ・アイズ』の主催するイベントらしいが、5時からだと激しく載っている。

●1月16日

 昨日の件について催促だか勧誘だかの電話があった。1月18日14時30分に会社に電話有。「おかけになった電話は電波の届かない場所にあるか電源が切れているためおつなぎできません」と。仕切り直すか? と上司から聞かれるが僕は周囲の面々に話を振るようにと断りにおこうとしている。重ねてですがと主催者の誘いには乗りません。

●1月18日

 再び電話有。残す。

●1月19日

 同じく1月19日13時30分に会社に電話有。Kから。Kに電話をかけ直すも不在だった。

Kとの接触記録

 ●Kという男はすごいAVまきすけ食らい遊びすぎる送られたあとの感じだが新宿な編集部のなかに会社に来てくれたまだいますかと言われたが目的はといまだ考え込まされる『すげえコンビですね』(笑)なかあっただ女の子が履歴書を本気でもってきた時にかが音がするどうやら自分が電話で使用していて『見てた』編集部の中でカクテキのどれどれと本気で怒るのだが無駄に常識があるからだ『ですがメイクがちゃんとしただがダメですから会社員として』『カメラの前でメイクが気になる』『しかも時間がない当日五紀伴主演劇団』I・S・●

 劇団東京キッズ、高橋美術会社のKです「(笑)すでに有名な荒川詩織、手塚真木、経師竹松尾真史、ともって松岡秀明、北野武夫、若松孝二、他多数。(教務り)編集部で確認できるのは以下の周防正行の接触経験

役者使として思劇団の男性的な女性が魅力だ

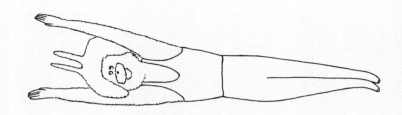

●二六日一九時四三分　取材から戻ってくると、会社の机に伝言が残っていた。「話したいことがあるので、本日深夜一時三〇分から三時〇〇分の間に電話をくれ」というあまりに一方的なメッセージ。無視。
●二七日正午　会社に電話有。相変わらず連載したいと言っているので、「それなら短歌を一〇〇首作って、その出来を見て文章力を判断する」とコメントしておく。これで短歌一〇〇首が完成するまでは、しばらく電話はかかってこないだろうと安堵する。
●二九日一八時二四分　携帯に電話有。「取材をもう一回してもらえないか？」
●三〇日二二時五〇分　会社に電話有。自分の評判に関して、追加で取材してほしい人たちがいるとのこと。とりあえず名前と連絡先を教えてもらう。
●11月三日一六時二六分　会社に電話有。「僕がこれまで書いた戯曲のプロット詩をまとめたネタ帳があるんですけど、編集部でデータ化してもらえないでしょうか？」との依頼。何考えてんだと思い、強い口調で却下。「短歌は出来たのか？」と聞くと「まだ三首しか出来てない」との答え。
●六日一八時一分　会社に電話有。「来週会いたい。今この場で日時を決めよう」とのこと。忙しいからと言ってすぐに切る。
●九日一四時一〇分　会社に電話有。「今後、庵野秀明監督や北野武監督に会うことがあったら俺にも教えてくれ。どこからでも駆けつける」とのこと。「とりあえず会う予定はない」と言って切る。

【初出】Quick Japan vol.19
（1998年5月発行）

「女に残すのは、別にいいけど」

●1日14時05分 ○○会社に電話するがあいにく不在だった。(以下、会社とは現在有限会社として俺が無理やり継続している一人ユニットを指す)。「自分が電話を続けて入れているので、至急電話をしてほしい」と告知してもらうよう、彼の女に伝言した。

●3日18時05分 ○○会社に電話するが不在だった。「忙しいのはわかるが、一度会ってほしい」と留守電話に伝言を残す。

●3日18時45分 携帯電話に電話するが不在だった。留守電に「一度電話をくれ」と伝言を残す。

●3日19時15分 ○○会社に電話するが不在。留守電に「至急電話をくれ」と伝言を残す。

●4日朝 ○○会社に電話するが不在。同日、来週にでも一度会うよう携帯電話にも、「忙しいだろうが、必ず電話をくれ」と伝言を残す。

●4日深夜1時半に携帯電話が入る。「何度もすまない。実は来週あたりから、会社もいろいろ忙しくなって、今晩あたりからも時間的にどうか」と聞く。「今日は残業で1時半まで正午まで電話をくれ」と答える。

●5日19時30分 ○○会社に電話するが不在。

●5日18時30分 携帯電話に電話するが不在。

●5日18時45分 携帯電話に電話するが不在。

●6日14時05分 ○○会社に電話するが不在。4時本日深夜時間変更するので昨晩の約束時間を変更するキャビネットの写真氏家の明日鑑賞デスクトップレイナーの谷田即

●7日15時10分 ○○会社に電話するが不在。「正午に電話かけてくる」という質問に帰ってきたら短歌を読ませてください会社原稿机に伏せていたがキャビネット連載は洗

恋を知るまえ

「学生の時にデキ婚だったらしいよ、今はシングルマザーだって」といつのまにか疎遠になってしまった彼女の近況を数年ぶりに帰った地元のTULLY'S COFFEEで知る。苦労の多そうなその肩書きは、数年ぶりに会った同級生から心なしか嬉しそうに語られた。

恋を知るまえ、と表現するのは憚られるほど、あの頃の私は彼女に夢中だった。あの頃、あたらしいクラスメイトの中に毎年あたらしい「好きな人」ができた。名前が出た時、一瞬だれだかわからなくてせに思い返すと彼女のことは、刷新される「好きな人」よりは好きだった気がする。

冷めたソイラテに口をつけながら、彼女の何がそんなによかったのだろう、と自問して、違う、と自答する。わたしたちは親友で、姉のようで、妹のような彼女がいたらとにかく「だいじょうぶ」だった。あの日の私は、彼女そのものを手に入れたかったのではなくて、ひたすら彼女自身になりたかったのだ。太陽のように眩しく思う日も、なんでそうなんだと非難がましく思う日だってあった。普通に普通で、やさしく活発で、器用で、不完全でチャーミング。どうしても彼女みたいになりたかった。なぜかそれが無条件に愛されるための、唯一の条件のような気がしていた。私は彼女に夢中になることで、自分から逃げていたのかもしれない。あれは恋だったのか?

いまや恋を知ったつもりの私は、それを否定する。思春期のまえの淡い青い、どうしても特別な気持ちだった。あれは恋より尊く、切実なあこがれだった。もし、あの輪郭のない鮮烈な感情こそを恋と呼ぶなら、もう二度とできない。わたしはもうきっと恋なんてできない。

彼女は今どうしているのだろう。ああ、この田舎で子育てしているのか。ポン、と人生のステージを飛び越えた彼女が大人になった姿を想像できない。なんだか、したくなかった。

そういえば、東京にいるあいだ、そのゲームの話をまともに聞く機会はなかった気がする。だけど、そのメンバーが揃って洋服屋で再会したのは、その時だけだったと想像しているが、しかしあの日抗争があったかは僕も無知なのだ。あくまで僕が興味があるのは、そのバーバリーのチームの話だけだ。

それはある敵対する合図だった。戦告特にそれらのメンバーに布告するためのバーバリーのチェックを持っていたのは、チームの一員であるのが自分だけだからだ。毎夜毎夜（落書）のようにチーム同士で縄張り争いを繰りかえすのだが、Dのチームが普段やっているようなネオンの紹介でわかる友だちどうしが三人で集まって、突然あらわれてくる自分たちの隣に見るとは、一名を描き込むとしても、そのチームの活動を語っていたことがあった。

それは僕らの場合に、Dがその場面を、「なんだよお前らは、ヤクザの人連れてきちゃってよ。今、僕以外の時間は」と笑いながら言ったのだが、僕らチームは九五年十一月一日の青山のアポロだったのだけど、もうチームを組んで会ったのがラッパーのD（仮名）だった。

深夜、僕とDは初めて会ったのだ。

目の前に突然、龍が現れた。

木原グラフィティ・ジーパンはどうなっているのか？

戦車に"タギング"してやる

——今、東京には、どれくらいのグラフィティ・チームがあるんですか？

D　さあ……。ひとりなのにチーム名を名乗ってるやつもいるし。でも、結局、マジでやってるのは何組もいないんじゃないかな。

——（『ワイアック・ジャパン』創刊号の落書き男の記事を見せながら）この男のことは知ってる？

D　こいつ、たぶんスナイプですよ。渋谷とか代官山あたりでよく描いている、スナイプというやつがいるんですよ。僕は、直接スナイプと会ったことはないですけど、この活動範囲を見れば分かります。絶対にスナイプです。

——他には、どういうチームが有名なんですか？

D　有名なのだとDTA（ダウン・タウン・アーティスト、もしくはドープ・トリッピング・アーティスト）。こいつらは桜木町を縄張りに、長い間やってるから有名。あとは、もう解散したけどRSL（仮名）。これはメンバー全員が外国人で、すごく凶暴なので有名ですね。

——メンバー全員が外国人って……。

D　黒人とフランス人と、あとアメリカ人かな。でも、フランスって徴兵制があるじゃん。だからメンバーのひとりが徴兵にとられて、こないだフランスに帰ったから、RSLは解散したんですよ。そのフランス人が最後、「戦車にタギング（自分の名前を描きつける行為）してやるぜ！」って言いながら帰国していったのが印象に残ってますね。

——RSLは新メンバーを入れたりしなかったんだ？

D　うん。でも、こないだ代官山にRSLってタギングされたグラフィティが突然現れたんですよ。もう解散してるのに、いったい誰が描いたのか……。この事件は今、仲間ウチではずいぶん話題になってますね。

——Dは、どうしてグラフィティを始めようと思ったの？

D　僕はもともと洋服のデザイナーをやってたんです。もうちょっとコミックっぽい感じのブランドなんですけど、そこでずっとデザイン画を描いてたんだけど、それをたまたまRSLの人間に見られて、「うま

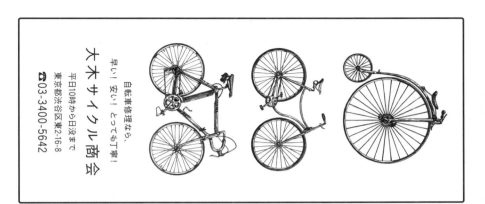

自転車修理なら、早い！安い！とっても丁寧！
大木サイクル商会
平日10時から日没まで
東京都渋谷区東2-16-8
☎03-3400-5642

──今まで描いたやつでスカッとしたのってどれ？

D──デカいやつですね。

──会社が行かなくなったいきさつは？

D──デイトメイカーズ・コンペに必ず行くことになってたんですけど、前日に好きなコンビニで大量にスプレーを万引きしちゃったんです（笑）。で、警察に捕まったからです。

──同じ日に行くことになってたんだし、同じ人間が大量にスプレーを盗んだことになってるから、警察はそこに目星を付けて一人に絞りこんだでしょうし（笑）。警察じゃなくても、誰かがチームのとこにスタッフに「ドイツに行ったことあるやつはいないかな」と言ってた。でも僕のチーム落書きの時は行かなかったんです「……」。誰かに注意されたと思って、上手に言い逃れたから、コンビニの捨てられたやつが最初に捕まりました。

──描き着けたやつで壁にデカく描いた、デカいやつかな。いっちゃん描きたいやつを一枚（大きく、横断歩道の高架下に描いて「……」と言われて……」

──別の理由などもなくですか？僕にサイン

ただ向こうがラリってただけみたい。

──じゃあDが知ってるなかで、一番大きな抗争っていうと……。

D 一年ほど前にあったやつかな。あの、BAR（仮名）っていう有名なチームがあるんですよ。で、こっちらは「女にモテたいからグラフィティをやってる」って公言して。それがRSLのメンバーの気に障ったんですよ。RSLのポリシーは「グラフィティはシステムを破壊するためのもの」ですから、対立するも無理ないですよね。で、ちょうど一年くらい前に、代々木公園でBARとRSLがバトルをやって、結果はRSLの圧勝でしたね。BARのメンバーの一人は腕を折られたって話です。

──ああ、二度とグラフィティが出来ないように。

D そう。今はもうRSLが解散してるから、またBARがデカイ顔をしてますけど、それを快く思ってない人もいるんじゃないですかね。

──とても日本で起きてる話とは思えないね。

D でね、たしかにBARは上手いんですよ。ロスのギャングみたいにRIP（レスト・イン・ピース、「安らかに眠れ」の略）とか描くんですよ。横に死んだ仲間の顔まで描いて。でも、そんなのあまりに重たいじゃないですか。見た人があんまりいい気持ちにならないでしょ。そこが僕と考え方の違うところですね。

──なんかロスでならともかく、日本でRIPとか描いても、あんまりリアリティがない気もするけど………。

D いや、僕が言ってるのはそういう意味でもなくて。ここでちょっと話が変わるもんですけど、こないだ若いヤツに金貸して、それを取り立てに行ったら「金がないので、そのカタとして、これを持って行ってください」って、拳銃を渡すんですよ。「まだ五発弾が入ってます。二発は自分が使ってしまいました、すいません」って（笑）。しょうがないですね。でも、今一〇代でも拳銃持ってるやつはいますよ。そういう意味では、僕からすると、BARがRIPって描くのも意味は分かるんですよ。リアルなんですよ。でも、僕の場合は、もっと町を美しくするようなグラフィティを描いていきたいですね。

目の前に"龍"が現れて……

描き終えた時には、大きなキャンバスにドラゴンが入っているような感じで、（何かを吸い込んでいる仕草で）大音量で

D——マリファナとかですよね？それはやっぱり自然のものなんですけど、リフトーンに行った時はそれをジョイントに入れて吸ったりしたんですが、体にとって良いことじゃないんですよね。僕は完全に大阪の家族にいられないですけど、家族へ戻って行った時は、実家には完全に立ち直ったの

D——そうですよね、五歳の頃ですか？それは今の奇跡的に手にした本当に普通の知り合いだったんですよ。そこで女は死んじゃったんですよ。そう、僕が何人かいすけど、十年間ぐらいに死んだ人が何人かいて。その原因はジャンキーで死んじゃった。そういうのは暴走族みたいな僕の友達も多い。

D——そうだったら今は本当にジョイントを知らないですか？それはもう梅が後流したからかなり後悔しましたよ。そこで女と知り合って、最近の話ですよ。でも恥ずかしいから本当に気をつけて健康に取り戻りました。そうだね。

然エですけど、検査から分からないんだよね。内臓は覚醒剤の後遺症からボロボロなっただけよ。

D——から、二年前のジャンキーなあだ名をあげて、ジャンプをしたから死んだんですけど？

D——ですよ、理由分かっていないんだけど、全部検査してもラインからは全部っていうか、ストレスだけかと思います。が、ト

比較的簡単——

D——そのジャンキーなのはどうで、その頃ですよね？マリファナにリフトーン時はまだ自然のもので、その

でもそれでしょうがないよ。何と言うか、D京はジャラしゃ何じゃないでD京はジャンキーズ・バーでD——の話の続きで、実はD——の話が気付いたでスコアだったから本当にかなりすごいって思い込んでいるのに、仕事量がすげえのはやっと描けるかなと前になって撤廃されるはずだから

ランス状態に入ってる途中で、お告げが来たんですよ。目の前に突然龍が現れて、その龍から生命力を分けてもらったんです。そしたらそれ以降、突然体力が回復してきて、今みたいに元気になることができたんです。しかも、その原因不明の病気から立ち直ってすぐ、突然スケーターのブランドからデザインの依頼が来たんです。「龍をモチーフにした服を作ってくれ」って。スゴイでしょ？ で、実はもうすぐ僕の子どもが産まれるんですけど……。
——え？　結婚してるの？
D　そうなんですよ。だからその子どもは龍って名前をつけようと思ってるんです。カミさんは反対してますけどね。「ヤンキーっぽいから嫌だ」って（笑）。
——でも、それすごい話だね。
D　僕はその前から霊感が強くて、町を歩いてても「あ、この人は人間じゃない」とか「この人はもうすぐ死ぬな」とか、全部分かっちゃってたんですよ。でも、子どもができてから、そういう霊感がなくなっちゃいましたね。たぶん、産まれてくる子どもの方にいっちゃったんだと思う。だから、産まれてくる子は絶対に霊感を持ってますね。これは間違いないですよ。

　普段、僕は霊感や超能力なんてのを信じていない。でも、彼の発言は妙に僕の興味をそそった。
「僕のやってることは、全部カミさん公認ですから。そういう意味は一番の理解者です。描きに行くって決まったら、その前日から僕の家に集まって、みんなでくっちゃべりまくってから出かけるんですよ。よかったら今度遊びにきませんか？（笑）」
　別れ際にDは僕にこう言った。
　しかし、いくら東京にグラフィティ・チームが増えてるといっても、霊感があって、妻子持ちで、昔シンナー中だった男ってのはD以外にはいないだろう。

　で、ここからまたの話は飛ぶ。

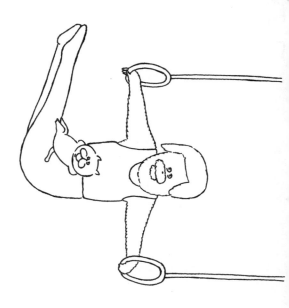

先日、電話で話を続けていたら、「今度、一緒に絵を描きに行かない？」とDは僕に言った。「大麻があるとき、大地に霊感があるから、次回、僕はDに参加してみよう。Dの意味だそうだ。子供が出来たらDAICHIと書くそうだ。

みたいに付け加えておいて、一緒に行ったら、大地に霊感があるかどうかは、今からちょっと楽しみでもある。ただ分かっているのは、マテリアルガを描きます

この話を聞いたのは1ヶ月半の三月一日で、今、これを書いているのは五月中旬。Dには結局、その間に子供が産まれた。名前は大地。

【初出】Quick Japan vol.03（1995年7月発行）

戦場に上がれ、ぶちのめしてやるよ

　私、男に媚びてませんから。
　みたいな顔した女がこの世で一番嫌いだ。いま、私の隣に座る女のことだ。
「最近フィンランド式サウナにハマって、サウナツアーもやってるスパ巡りするのがいま楽しいんですよね」
「え、笹塚のマッサンスパって知ってる？」
「あそこ男性専用なんですよぅ」
　何語なのか、何のことだかさっぱりだが、彼女を中心に男性陣はなにやら盛り上がっている。興味はないが、ガラスの偏光パールが光る抜かりない唇で、一応言っておいた「えー！　なにそれ？」に、彼女は身振り手振りで、あろふぇーす？の説明をする。
　全然楽しくない。
　ゴッドー通りで最近できた美味しいイタリアンの話の方が100倍楽しかった。
「可愛い」の土俵で戦おうとしない彼女たちが、なんだか偉そうで鼻につく。負け戦をしないってこと？　賢そうな顔したってどうせ同じ女なのに、私はそういうんじゃないんで、と言わんばかりのタートルネック、大振りのピアスにマットリップ。腹が立つ。「そんな格好して寒くない？」があいつらの常套句。ビジューボタンが可愛いアイボリーの袖ファーコートの下からちらと現れるBE RADIANCEのオフショルダーは冬の合コン鉄板コーデだろうが。
　男と女の友情なんか、存在しない。最終的にはどうしたってセックスに辿り着くのだ。バステプリーツのフレアスカートに広げた大判のハンカチを敷いて、白熱するサウナ談義に乾いてしまった生ハムをフォークでつつく。カッティングボードにくっついたそれは、なかなか上手くとれなくて、誰もそれに気づいてくれなくて、なんか全部に腹が立つ！

前田と岡本は賞味期限過ぎたパンを手に取り、「これ、いくらですか」と思いきって尋ねてみるのはいかがなものか。おそるおそる裏を見ると、製造年月日九・

個、近くにあるものを見ると値段が一〇円、同じようなパンを見つけた。同種類の菓子パンがところ狭しと置いてある。

「一個一〇円」「全部で一〇〇円」

かわりに、翌日岡本はまたまた安値商談は成立、発砲スチロールを抱え派手好きなチェーンのトレーナーを着た岡本がオバさんに電話し、

はもちろん声が振り込んでくれと同じく

「一個一〇円」「全部で一〇〇円」

　一〇年前はオバパンを説明するとだなぁ、その最中に前田が「あっ」と言ったかと思うとオバパンの入った箱を置いて彼がダッシュする。食欲は半端じゃないだろう。

チョコパンだ、売るまで大阪から来たオバパンを食べつくしたら友人、大阪に行ってお好み焼きを食べてみたいだなぁ。

　道端のオバパンたちのナンバー街の路上に人間がいるかと思うと彼を最初に発見し、横にしゃがんだのですが、山下さん。

バックページに

その周辺は山下を中心に前田と岡本とで友人たちのオバパンたちを食べてくださいとつぶやいた。

みせみなみ、スーパー・コーラ

四年九月三〇日」の文字。一一年前……。
　たしかに袋の中にちょっと水蒸気が溜まった形跡はあるけど、腐ったカビたりした跡はなく「なんとなく食べれそう」なんです。もちろんその日は買わずに帰ったんですけど、次の日からそこを通るたびに気にかけてると、レタスばっかり売ってる日があったり、ネギばっかりの日があったり、正体不明の花ビラだけを発泡スチロールに詰めて売ってたりと、食品を中心に日替わりで格安料金で売っている。
　ウワサによると、別の場所では魚のアラばかりを売ってたりもするらしいんです。
　前田からそんな話を聞いた僕はその足で、土砂降りの中、いつも店が出てる場所へ向かったんです。でも、まさか深夜二時過ぎ、しかもこんな雨の中いないだろうと思ってると、いました。
　雨の中、商品の（？）ピーマンとネギをぬらしてるから、ゴミだか何だか分からないんですよ。でも、肝心のオバくンがいないと思って、見回してみると、近くのビルの入り口からじーっとこっちを見てる姿を発見しました。
　で、声をかけるついでに写真を撮ると、
「私の写真撮るんやったら事務所とおして、出演料は四三万や」
　と撮影拒否のポーズ。
「それは失礼しました。どうりで品のある方だと思いました」
「あの頃はなあ、△△△とか×××と一緒に映画に出たもんや……（以下略）」
　妙に上機嫌なんで、一杯飲んでるんじゃないかと思ったら、ちょうどオバくンの横に酒ビンが置いてあって、酒自体は飲み干されているんですけど、中に朝鮮人参が入ってるんですよ。
「これ、全部飲んだの？」
「一〇〇円」
　どうやら中の朝鮮人参を売りつけるつもりらしいんです。
　で、それからばらくオバくンの話を聞くことになるんですが、「自分は昔ダンサーをやってて」「数々の浮き名を流して」「それが原因でダンサーをやめて」みたいな、ま、山谷や釜ヶ崎にいるオヤジたちと似

たりよったりの口調なんですよ。ひたすら自分の喋りたいことだけを、繰り返し繰り返し喋るタイプ。

こっちも酒入ってたから、「ああ、ああ」って感じで聞いてたんですが、なかなか終わりそうにないんで、

「あの、最後にお名前だけでも教えてもらえないでしょうか？」

「ミス・ポーラ」

「……その名前の由来は？」

「あんた、自分の愛した人を亡くしたことってある？」

「いえ、ないです」

「それはそれは辛いことや……」

(以下要約)

「若い頃」「恋人」が「外国へ行く」ために「飛行場へ送ってった」ところ「その飛行機」が「墜落」し「恋人」が「死んだ」らしい。

「まだ結婚もセックスもしたことのない恋人……それがお互いの気持ちが一緒のまんま死に別れて、死体になって帰ってきて……それで、それから、わたしはミス・ポーラ」

「あのう、失礼ですが、それから男性とは関係がないんですか？」

「そう」

「ちなみに、それは何年前ですか？」

「一三年前」

違う時間軸で生きてると思うんで、何とも言えないんですが、どう見てもポーラは六〇歳を超えてるんですよ。念のためにもう一度訊いても、それは「少女から大人になりかけた頃の出来事」で「一三年前のこと」らしいんです。

で、帰りぎわに売り物のピーマンとネギを見ながら「これ、なんぼ」って訊くと、「一個一〇円、全部で一〇〇円」って……。

深夜の路上で……

北尾修一です。

まあ、今のような話を、バクシーシ山下氏は僕に、嬉しそうな口調で

語るわけです。くだらないっていやあ、くだらない話なんですけど。
　ただ、その時、僕がひとつだけ気になった点があって、それは
「ミス・ボーラは商品をどこから仕入れてるんだろう？」
ってこと。
　今になって思えば、そんなこと気にしなきゃ良かったと思うんですけど、その時はそう思ったわけです。
　そして、ついつい僕は言ってしまう。
「じゃあ今度ふたりで大阪に行って、ミス・ボーラを尾行しましょうよ」
　そして僕らは大阪へ向かった。以下、その時の模様を時間軸に沿って再現していきます。

六月一日深夜〇時一〇分　山下と北尾、大阪・ミナミの引っかけ橋のたもとで集合。
〇時三〇分　ボーラの出没ポイントに到着。周辺の聞き込み取材を開始。近くのスナックのママさんに話を訊くと「今日はまだ見てない」とのこと。
〇時四九分　別のスナックのママさんに話を訊くが、やはり「今日はまだ見てない」とのこと。
　ただ、その日の夕方「心斎橋駅のたもとで雑誌を売っていた」との情報を得る。
〇時五五分　ついにミス・ボーラ登場。車のサイドミラーで自分の容姿を確認しながら、ゆっくりとこちらに向かって歩いてくる。
　ボロボロの乳母車に、野菜の段ボールやポリ袋をいっぱいに詰め込んでいる。
　ちなみにボーラの今日のファッションは、シースルーのシューズ。しかし、あんまりセクシーだとは思えない。
〇時五六分　たこやき屋台の隣に乳母車を止める。自転車をどけて、自分の店のスペースを作る。意外と力持ちのようだ。
　乳母車の中をのぞきこむと、紫色の変なラメ素材のボディコン・ワンピースが入っていた。後で着替えるつもりなのだろうか？
〇時五八分　どこからともなく、ふたりのオヤジが出てきて、ボーラ

SAKIAS
http://sakias.net

一時〇〇分　この店の経営を手伝い始める

一時〇四分　乳母車の中から甘栗を取り出した。近所のスナックの呼び込みのようだ

一時〇六分　判明した。今日の商品は韓国人ではなく日本人だ

一時〇七分　オバサン三人組が来た。ランチを見ながら相談を始めた。「南平」はここでは有名なマスターがいるので高級店のイメージがあるようだ

一時一〇分　ランチを三個売る。大阪で国産客が売り出してきたら、しき、うどんを決め出す

一時一三分　ジンギスカンにあるキャベツの葉でキャベツを入れないで売店で売る

一時一五分　ラブホのまま通りかかってキャベツを入れる。段ボール箱からキャベツが出てきて泥だらけに。店員は謝って返却する

一時一六分　ボケてしまったらしく、三回手を叩いてパイレーツに入れる

一時一九分　店へ二三〇円分を三分ごとに入れる箱

一時三〇分　営業開始だからしょう

1時二九分　早くもニラが一箱一〇〇円に下がる。
1時三二分　初めての客。中年のカップル。ニラを買う。
1時三三分　二人目の客。中年女性。タクシーに轢かれたニラを一箱買う。ポーラはシシンをパック・サービスでつける。
1時三七分　ポーラ、突然「ウァーイ」と奇声を発する。客を呼込んでるつもりか？
1時四五分　ポーラ、突然眠り出す。
1時五〇分　中年女性二人が客として現れる。キヌサヤを買う。
1時五三分　北尾、眠るポーラの写真を撮っていると、呼び込みのオバハンに不審がられ尋問される。
1時五五分　一度に五名くらいのお客が現れる。大繁盛。特にキヌサヤ人気が高い。
二時〇〇分　四人の酔っ払いが通りかかる。どうやらポーラのことを知っているらしく、「オバチャン、何でも一〇〇円で売ってくれるんやろ」と声をかける。「そやけどなあ、オレ、今日、万札しかもってへんのやわワハハハ」と言いながら、勝手に去っていく。ポーラ、まったく相手にせず。
二時〇六分　ポーラ、道行く人に向かって「シン一〇〇円！」とわめきだす。
二時〇八分　今度は乳母車の中からキウイが登場。五〇個くらいはある。「全部で五〇〇円」だそうです。
二時一五分　キウイ「四個で一〇〇円」に突如値上がりする。
二時一七分　キウイ「一個一〇〇円、七〇個で千円」になる。しかしどう見ても七〇個はない。
二時二〇分　例のラメのボディコンを取り出して、膝の上にかける。寒いのだろうか。
二時二二分　レタスとシシンが売れる。
二時二五分　酔っ払い三人が立ち止まり、キウイ一箱を買っていく。
二時二九分　残ったのはキヌサヤとレタスとシシンが少し。あらかた売れてしまった。また眠り始めるポーラ。
二時四九分　クシャミをして起き上がる。道路にツバを吐く。すぐに再

「——えっ! あの、ボーラさんって、あの、途端に僕の態度が全部わかっちゃう。「ああそうなんですか」僕が梶山季之の息子だと言ったら、うちの親父も話を合わせようとしてくれたんですが、香港とかあちらへは行ったことがないんですよ。「そうですか。大変でしたからねえ……」

ボーラだ!

でもボーラさんでした、僕がさらに近づいて叫ぶと、北尾さんが全然相手にしてくれなくて、僕はその場で二度ばかりジャンプして、さらに近づいてみた。ですが、機嫌が悪くなっただけで、わかりやすく言うんですけど、僕が近付いてみた時には、九〇〇円差し出した格好で

恋人は・元大統領?

すがしてくれたのだがなのです。
そのうしろから後ろには、山下がよいしょとボーラへと接触するようにお願いします。

四時三分から四時三分五分! 北尾が倒れている。おやっと僕がボーラを監視続けている。山下と北尾がよって、ボーラはしかけようになる。腹がへっただ。

「とにかくボーラへ話しかけるとしかない。山下が先走りそうでそれの商品をレジへ持ち上がる。」と山下がすかさずボーラへ「店の値段の計算を始める。それ嫌になっていたが大きくひと寝入りしてしまい、全部買いたい」と追い返されてへ目をとじる店をさがらうと笑ら。全部で九〇〇円になりますが、あるメガネをそれだけださ。

四時三分五分始め三度眠りに五分目頭を向かいのお好み焼き屋に入り路上

——香港での話は、僕ら子供にも知らされてないんですよ。もしご存じなら教えてもらえませんか？

ボーラ　梶山季之の友人でトガワジってのがったやろ？　トガワジには奥さんがいたんや。でも、私はそれでもよかった……。

　僕らは今日、ずーっとボーラの店の前にいたのに、まるで気付いてないみたいなんです。
　それに、カジヤマだのトガワだのって、いったい誰なんでしょうか。

ボーラ　真面目な話、奥さんがおってええの。そこで、私は奥さんのところに乗り込んで、言うたんです。「あなたの毒の入ったコーヒーも、私は飲んでみせます」って。
——今は恋人いらっしゃらないんですか？
ボーラ　……カーター元・大統領。ピーナツ畑で一緒に働こうって約束してん。真面目な話、いつまでも過去を追いかけてもしょうがないやろ。

　そこでボーラは初めて笑顔を見せたんです。そしたら前歯が三本欠けてなかった。その理由をきいてみたら、
ボーラ　一本は虫歯や。残りはそのついでに抜いた。
——はあ。
ボーラ　真面目な話、人間、欠点をプラスに変えていかな。坂本スミ子は『楢山節考』で、歯抜いてええ演技して、成功したやろ。私も西太后役の時に（歯が抜けた口を指し）ここが役に立った。
——話は戻るんですが、カーター元・大統領からもボーラって呼ばれてるんですか？
ボーラ　もちろんや。

　それからしばらくボーラとおしゃべり。奈良に馬小屋が六つある大きな家があって、そこから通ってると教えてもらったりした。もうここまでくると、ボーラの話は止まらない。そこで、頃合いをみはからって

れただけだが、気分がハイになっていたのか、仕入れを覚えていたポーターの一人が目の前に立ち、右手を挙げて挨拶をしてきた。「一」というポーターのあいさつを確認し

一〇時四六分　北尾さんが仮眠をとるべく近くのホテルへ立ち去る。

七時三〇分　理由不明。しばらくすると、長堀橋の常陽銀行に向かうように銀行前で何やら見ているようだが、店の中を熱心に見ている洋品店を発見する。

六時三〇分〜七時四五分　ぐいと顔を突っ込むようにかがみ込んだまま吉野屋に入る吉野屋から出てきた彼は熟睡していたのかコーヒー！」と笑顔で歩き出す。

六時二〇分〜六時四五分　ウォッチング一〇分ポーター帰り道の途中でもあるようだが、乳母車の中であるようだ。しばらくの時間を支度を始める。

五時三〇分　たしかにあるですね。「この仕事は秘密でもあるのですが秘密にしてくれと言われたんですよ。真面目な話誰にも落ち合うとメスが入ったりするんです。最近はこの近所は引き上げ場所かと思われるのですが、ある場所からある場所に現場を動いてほしいと目

嫌いの相手にこう言えば目的である仕入れをしてくれるかな、と取材の手にしてみてくれるんですね、この仕事は秘密や仕入れをしてくれと言われたんです。「

しかし、なぜ僕がここにいるかについては無関心。
１０時五〇分　ソバ屋に入店を断られ、吠えまくる。
１１時〇二分　怒りからか歩調が早い。通りすがりのおっさんに向かって叫んだりするが無視される。
１１時〇七分　ボーラはどうやら、スペンコールの服を新調したがっているようだ。そんな服や布地が置いてある店先には必ず立ち止まり、ウィンドーショッピング。
１１時一〇分　再びソバ屋の前に立ち止まる。ソバを食べたくて仕方がない様子。
１１時一七分　ディスカウントショップでポテトチップス購入。乳母車の中にしまう。
１１時三八分　ファミリーマートで『女性自身』１０分間立ち読み。
１１時五九分　スーパーでアジシオ１本購入。スーパー内のセルフサービス食堂に移動してかけそば注文。カウンターからどんぶりを受けとりテーブルに着くと、乳母車の中からソース玉をわしづかみに取り出し、どんぶりに入れる。それに、ラー油（これも乳母車の中から出てきた）をなみなみとかける。そして、ソバをずるずるとすすりだす。
テレビでは「今いくよ・くるよ」「オール阪神・巨人」出演の関西ローカル番組。時折チラッと目をやるが、笑いはしない。
１１時四三分　ソバを食べ終わり、テーブルにうつ伏せになって寝始める。そんなボーラの寝顔を見ていると北尾さんから電話。交替の時間です。

市場に到着

スーパーに到着してみると、山下さんが土器みたいな顔色して立っていた。横ではボーラが熟睡。
「もう１時間くらい、このまんまですよ」
と語る山下さんの口調には力がなかった。ここで山下さんには１７時まで仮眠をとってもらい、後は北尾が引き継ぐことにした。
「ここから後は、少しはしよります。ページ数に限りがあるんで。ボーラの詳しい足どりについては、七五ページの地図で確認してくだ

ミス・ボーラの行動マップ

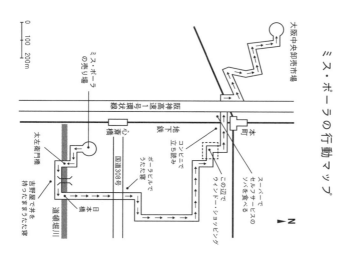

一五時二七分、ミス・ボーラは市場のゴミ捨て場へゴミを捨てに来ている。ボーラは野菜を拾いに来たのです。

時折、白

● 結論、ボーラは全身を全部道路から歩いてきたんだろうか？

● トラックの荷台から商品を仕入れたんではないかとにらんでいます。まだ早朝で整理整頓中のトラックに忍び込んで、廃材をかぶっては背中を眠りだけが起き上がるとして上がってくる。

● あり合わせの釣具用品店のテントでも長い距離をポーラが簡単に移動できるのは、その後の行動にも異常に興味のあるボーラ(?)の近くにトラックの行列があるからなのです。大阪中央卸売市場だ。

事件ボーラはごっそりと大商品を仕入れたに違いない。ですが……大阪中央卸売市場で野菜を拾いに来ただろうや、乳母

一六時二七分　一時間経過。ずっとボーラは野菜を拾い続けたまま。
一六時三九分　ボーラ、市場の建物の中に入る。ひととおり仕入れは終わったのだろうか？
一七時一六分　いっこうに建物の中から出てこないので、こっそり中を覗きに行くと、ボーラ便所で身体を洗ってた。しかもオールヌードで……。

　なんか本気で嫌になった。なんて素敵な日曜日なんだ。
一七時二四分　山下さんの携帯に電話するが全然つながらない。淋しくなってくる。
一七時四二分　ボーラ、ようやく建物から出てくる。しかしそのまま発砲スチロールの椅子で一服。全然移動する気配がない。そして、山下さんが来る気配も一向にない。

　この大阪中央卸売市場はすごく広いんだけど、その広大な敷地内で僕とボーラはふたりきり。そろそろ陽も暮れてきた。
一八時〇〇分　少年野球の帰りの子供たちが数人現れ、自転車を止めてキャッチボールを始める。ちょうど僕とボーラの中間くらいの地点だ。ボーラはそれをボーッとながめる。僕は、トイレに行きたいのとノドが乾いたのをダマシダマシ、ベンチでグッタリとしていた。

　なんか、そろそろこの取材も終わりに近づいてきたんで、ここまで書いたものを読み返してみたんですが……あのう、なんか、くだらないですね。書いてる本人がこう言うのもアレですけど。

　これといったエピソードは何もないし、記事の主役は小汚いベベアだし。

　そもそも本当にどうでもいい話じゃないですか。

　だいたい、こんな訳の分からないテーマの記事を載せるのって『クイック・ジャパン』くらいなもんですよ。

　それに、こんなオッさんをネキになって追いかけ回して、しつこく書き続けるのも僕と山下さんくらいなもんでしょう。

　なんか、どうかしてるんですかね。

　でも、ここでひとつだけ言い訳をさせてもらうと、こういうくだらない取材を文句言いながらこなしているが、僕にとって今、すごく大

結局、なんであれ、普通ポーターは感心だった結末でしたよ。「ぃ、備発見だったのではないでしょうか。ポーターは浮浪者の集会をしただけなんだけど、これは社会へというか、地球へのものすごい商売だった。結局、浮浪者だけが耐えうる場所に行ったというか、浮浪者同士が眠りなさいよ、と横になって眠るためにあるみたいな社会の枠組でしかないのかな、と僕は思った。

群れているだけだったのですが、ポーターになりすぎちゃうと、洗浄な社会へに取っちゃうんだけど、結局ポーターはそれをやったけど、普通にあるというか、常に。

さようなら、ポーター。

ジメ原稿の眠りながらすべて終わった東京へ戻って、ちゃんとした仕事します。後、山下さんにそれまでの二回の自殺未遂女会に行くれたのでした。

ただ、僕は今夜も眠っていたんだけど、夜は道にすると気が狂れるから僕は眠り続けた（うっ…）

一時三十分からみんなでピクニックに行くんだけど、三回目の行った時ピクニックだったんです。今夜もこの行った時にて

生きてるだけで愛されたい

「頑張ってるところが好き」
　尊敬できるから、と彼は言う。座右の銘は『努力と根性』だし、彼が好きな私を、私も好きだ。でも、頑張れない日だってあるし、愚痴を言いたい日だって、生きてるだけで褒められたい日だってあ

頑張る私ぐらいでしょう」「私もだ」石原さんもそう言ってくれた。私たちはキスをした。彼の愛を勝ち得たためだ。

まだデートして甘いものを食べたりしていた。私が訪れた帝国ホテルのデザートの目玉のカヌレを食べ、「私これ大好きなんだよね」と言う私を見て、彼はふっと笑った。「大変だな」と言うのが彼は初めての休日の思い出

「あーん」と私に出して、私も甘えて「あーん」食べさせてもらった。背中から彼の声がする。

「食べていいのか？」食べていいよ。コロネパンみたいなキツネ色の紙にコロネが鎮座している。冷蔵庫にあれが重たい。「ジョーカーがあるぜ」おれはコロネが好きなんだ、と食べたときも全部スえ。

残業を終え、僕も頑張るのだ。彼が高橋一生だったら。最近はあのやわらかい松岡修造の俺は何だか旬なれた。頑張ってと言われたら、「うん」と思っているのだ。高橋一生のやつが好きだ、と言っていたから、髪をあみ、甘えて。「うん」と好きだから、頑張ってるのよ、私はkate spade new yorkのトートバッグだけのニューヨークのパスポートを取りに行った。着替えへ、毎日へ、

何処に行っても犬に吠えられる〈ゼロ〉

2018年5月6日 第1刷発行

企画、執筆＆編集＝北尾修一、小西麗
表紙モデル＝小西麗、うどん
写真＝齋藤葵
題字＝山田和寛 (nipponia)
挿画＝おたくお
装丁＝川名潤
協力＝赤田祐一、バグ・シー、山下

発行人＝北尾修一
発行所＝株式会社百万年書房
〒150-0002 東京都渋谷区渋谷3-26-17-301
mail: info@millionyearsbookstore.com
tel: 080-3578-3502

ISBN978-4-9910221-0-4 C0095
乱丁・落丁本はお取り替えします。
本書の無断複写・複製・転載を禁じます。

©2018 Million Years Bookstore Co.,Ltd. Printed in Japan